中國童話（下）

呂伯攸　著

呂伯攸（生卒不詳）

中華書局編輯，主編《兒童世界》《小朋友》等少年刊物。曾與畫家、散文家豐子愷和音樂教育家劉質平等文化名人同期就讀於浙江省立第一師範學校，並同為藝術大師李叔同的高足。當過小學教師，熟悉孩子生活，長期從事兒童詩創作，是民國時期一位活躍的兒童詩作者。著有理論專著《兒童文學概論》，是二十世紀中國兒童文學理論批評史上具有特殊位置的代表性人物。

總序一

兒童文學的歷史與記憶

林文寶

大陸海豚出版社所出版之中國兒童文學經典懷舊系列，要在臺灣出版繁體版，這是臺灣兒童文學界的大事。該套書是蔣風先生策劃主編，其實就是上個世紀二、三十年代的作家與作品，絕大部分的作家與作品皆已是陌生的路人。因此，說是經典有失嚴肅；至於懷舊，或許正是這套書當時出版的意義所在。如今在臺灣印行繁體版，其意義又何在？

考查各國兒童文學的源頭，一般來說有三：

一、口傳文學

二、古代典籍

三、啟蒙教材

而臺灣似乎不只這三個源頭，綜觀臺灣近代的歷史，先後歷經荷蘭人佔據三十八年（一六二四—一六六二），西班牙局部佔領十六年（一六二六—

一六四二），明鄭二十二年（一六六一－一六八三），清朝治理二〇〇餘年（一六八三－一八九五），以及日本佔據五十年（一八九五－一九四五）。其間，相當長時間是處於被殖民的地位。因此，除了漢人移民文化外，尚有殖民者文化的滲入；尤其以日治時期的殖民文化影響最為顯著，荷蘭次之，西班牙最少，是以臺灣的文化在一九四五年以前是以漢人與原住民文化為主，殖民文化為輔的文化形態。

一九四五年十月二十五日國民黨接收臺灣後，大陸人來臺，注入文化的熱血液。接著一九四九年十二月七日國民黨政府遷都臺北，更是湧進大量的大陸人口。而後兩岸進入完全隔離的型態，直至一九八七年十一月臺灣戒嚴令廢除，兩岸開始有了交流與互動。一九八九年八月十一至二十三日「大陸兒童文學研究會」成員七人，於合肥、上海與北京進行交流，這是所謂的「破冰之旅」，正式開啟兩岸兒童文學交流歷史的一頁。

其實，兩岸或說同文，但其間隔離至少有百年之久，且由於種種政治因素，目前兩岸又處於零互動的階段。而後「發現臺灣」已然成為主流與事實。

因此，所謂臺灣兒童文學的源頭或資源，除前述各國兒童文學的三個源頭，又有受日本、西方歐美與中國的影響。而所謂三個源頭主要是以漢人文化為主，其實也就是傳統的中國文化。

臺灣兒童文學的起點，無論是一九〇七年（明治四〇年），或是一九一二年（明治四十五年／大正元年），雖然時間在日治時期，但無疑臺灣的兒童文學是屬於華文世界兒童文學的一支，它與中國漢人文化是有血緣近親的關係。因此，了解中國上個世紀新時代繁華盛世的兒童文學，是一種必然尋根之旅。

本套書是以懷舊和研究為先，因此增補了原書出版的年代（含年、月）、出版地以及作者簡介等資料。期待能補足你對華文世界兒童文學的歷史與記憶。

林文寶，現任臺東大學榮譽教授，曾任臺東大學人文文學院院長、兒童文學研究所創所所長、亞洲兒童文學學會臺灣會長等。獲得第三屆五四兒童文學教育獎，中國文藝協會文藝獎章（兒童文學獎），信誼特殊貢獻獎等獎肯定。

總序二

原貌重現中國兒童文學作品

蔣風

今年年初的一天，我的年輕朋友梅杰給我打來電話，他代表海豚出版社邀請我為他策劃的一套中國兒童文學經典懷舊系列擔任主編，也許他認為我一輩子與中國兒童文學結緣，且大半輩子從事中國兒童文學教學與研究工作，對這一領域比較熟悉，了解較多，有利於全套書系經典作品的斟酌與取捨。

一開始我也感到有點突然，但畢竟自己從童年開始，就是讀《稻草人》《寄小讀者》《大林和小林》等初版本長大的。後又因教學和研究工作需要，幾乎一而再、再而三與這些兒童文學經典作品為伴，並反復閱讀。很快地，我的懷舊之情油然而生，便欣然允諾。

近幾個月來，我不斷地思考著哪些作品稱得上是中國兒童文學的經典？哪幾種是值得我們懷念的版本？一方面經常與出版社電話商討，一方面又翻找自己珍藏的舊書。同時還思考著出版這套書系的當代價值和意義。

中國兒童文學的歷史源遠流長，卻長期處於一種「不自覺」的蒙昧狀態。而清末宣統年間孫毓修主編的「童話叢刊」中的《無貓國》的出版，可算是「覺醒」的一個信號，至今已經走過整整一百年了。即便從中國出現「兒童文學」這個名詞後，葉聖陶的《稻草人》出版算起，也將近一個世紀了。在這段不長的時間裡，中國兒童文學不斷地成長，漸漸走向成熟。其中有些作品經久不衰，而一些作品卻在歷史的進程中消失了蹤影。然而，真正經典的作品，應該永遠活在眾多讀者的心底，並不時在讀者的腦海裡泛起她的倩影。

當我們站在新世紀初葉的門檻上，常常會在心底提出疑問：在這一百多年的時間裡，中國到底積澱了多少兒童文學經典名著？如今的我們又如何能夠重溫這些經典呢？

在市場經濟高度繁榮的今天，環顧當下圖書出版市場，能夠隨處找到這些經典名著各式各樣的新版本。遺憾的是，我們很難從中感受到當初那種閱讀經典作品時的新奇感、愉悅感、崇敬感。因為市面上的新版本，大都是美繪本、青少版、刪節版，甚至是粗糙的改寫本或編寫本。不少編輯和編者輕率地刪改了原作的字詞、標點，配上了與經典名著不甚協調的插圖。我想，真正的經典版本，從內容到形式都應該是精致的、典雅的，書中每個角落透露出來的氣息，都要與作品內在的美感、精神、品質相一致。於是，我繼續往前回想，記憶起那些經典名著的初版本，或者其他的老版本——我的心不禁微微一震，那裡才有我需要的閱讀感覺。

在很長的一段時間裡，我也渴望著這些中國兒童文學舊經典，能夠以它們原來的面貌重現於今天的讀者面前。至少，新的版本能夠讓讀者記憶起它們初始的樣子。此外，還有許多已經沉睡在某家圖書館或某個民間藏書家手裡的舊版本，我也希望它們能夠以原來的樣子再度展現自己。我想這恐怕也就是出版者推出這套書系的初衷。

也許有人會懷疑這種懷舊感情的意義。其實，懷舊是人類普遍存在的情感。它是一種自古迄今，不分中外都有的文化現象，反映了人類作為個體，在漫長的人生旅途上，需要回首自己走過的路，讓一行行的腳印在腦海深處復活。

懷舊，不是心靈無助的漂泊；懷舊也不是心理病態的表徵。懷舊，能夠使我們憧憬理想的價值；懷舊，可以讓我們明白追求的意義；懷舊，也促使我們理解生命的真諦。它既可讓人獲得心靈的慰藉，也能從中獲得精神力量。因此，我認為出版本書系，也是另一種形式的文化積澱。

懷舊不僅是一種文化積澱，它更為我們提供了一種經過時間發酵釀造而成的文化營養。它為認識、評價當前兒童文學創作、出版、研究提供了一份有價值的參照系統，體現了我們對它們批判性的繼承和發揚，同時還為繁榮我國兒童文學事業提供了一個座標、方向，從而順利找到超越以往的新路。這是本書系出版的根本旨意的基點。

這套書經過長時間的籌畫、準備，將要出版了。

我們出版這樣一個書系，不是炒冷飯，而是迎接一個新的挑戰。

我們的汗水不會白灑，這項勞動是有意義的。

我們是嚮往未來的，我們正在走向未來。

我們堅信自己是懷著崇高的信念，追求中國兒童文學更崇高的明天的。

二〇一一年三月二〇日

於中國兒童文學研究中心

蔣風，一九二五年生，浙江金華人。亞洲兒童文學學會共同會長、中國兒童文學學科創始人、中國國際兒童文學館館長。曾任浙江師範大學校長。著有《中國兒童文學講話》《兒童文學叢談》《兒童文學概論》《蔣風文壇回憶錄》等。二〇一一年，榮獲國際格林獎，是中國迄今為止唯一的獲得者。

目錄

女參軍

這裡，我們先來一個特寫鏡頭：

「洞門高閣靄餘暉，桃李陰陰柳絮飛。」

這是前蜀丞相周庠的府第。

時間是在暮色蒼茫的一剎那。一會兒，遠處傳來了一陣「啵啵啵」的喇叭聲，一輛木炭汽車便如飛地駛了過來。

兩扇鏤金花的鐵門開了，汽車也從門外駛進了那個繁花怒發的園林裡。那位老丞相很安閒地從車中鑽了出來，自有一班掛著盒子炮的衛兵，簇擁著他向那幢洋房裡走進去。

他剛向前走了幾步，早有那個老管家，含笑鞠躬地在一旁迎接著。

「有客在家嗎？」周庠閒閒地問了一聲。

「有。——趙爺、錢爺、孫爺、李爺……都候在書房裡！」

「好，你吩咐小子們好好地伺候他們！」

這位老丞相雖然是擎天一柱，國事縈心，但是，他有著調劑精神的好方法：每天他從官署裡公畢回來，便邀集了一班文人、門客，喝酒論文，藉此享受一些樂趣。

周庠今天特別的興奮。他平日回到家裡，走進內室，照例要找著他那位獨生的小姐，問長問短的談笑一番，然後才出去見客的，今天，那位小姐雖然嬌聲嬌氣地纏著他，他卻只是微笑著，自管自地一邊在換衣服，一邊在吟著幾句詩句；就是那些侍婢們忙著替他倒咖啡，拿雪茄，他也好像完全沒有瞧見。

「爸爸，你怎麼的，我和你說話，你沒有聽見嗎？」小姐終於發著嬌嗔。

「啊，好詩，好詩！——你和我說什麼？你去對媽說，今晚上叫廚房裡多備些酒菜，我要和那些朋友們痛痛快快地喝一頓！……」

「爸爸，不成！——今兒晚上，陳雲裳和劉瓊合演的《良宵花弄月》正在大光明上演，你非帶我去瞧一次不可！」

「孩子，你別鬧！晚上我還有些事，明天一定帶你去！」

「有什麼要緊的事！左右不過和那班酸溜溜的文丐們，老是嚷些平平仄仄。爸爸，你知道，這些都不通行了！我們學校裡的那位文學教授 Dr. 王，今天又講了幾首Shelley，Byron……的名詩，不論用字押韻，都比中國詩幽美得多！」

「這是你沒有細細地研究過中國舊詩的緣故，所以，我想，……將來一定要給你找一位會做舊詩的姑爺……」

「呣，做舊詩，搖頭晃腦的老古董……」那位小姐大膽地白了她的父親一眼。

「要是一位漂亮的青年怎麼樣？」

「噯，媽媽，你瞧，爸爸又在欺侮我啦！」她那尖銳的喊聲當然是High pitch sound。

「好罷，我要出去陪客了，明兒晚上，作準帶你去瞧良宵……什麼的！孩子，乖一點，別鬧！」周丞相把這位二十歲的小姐，完全當做嬰孩般看待。

周丞相敷衍過了這嬌憨的女兒，便匆匆地踱進那間布置得十分富麗的書室。

「哦，周老先生出來了！」賓客們都站起來迎接他。

「哈，哈，哈！有勞諸君等候；請坐，請坐！」周庠把右手一攤，便跨了進去。

「昨天那首大作〈送春詩〉，我們拜讀以後，到現在還是齒頰留芬，真是好詩，好詩！」那位名震詩壇的錢先生恭維著。

「哪裡，哪裡！——今天，我真的收到了幾首好詩——七律四章，所以特地趕回來，要和諸君共同欣賞！並且，略備水酒，大家預先該替這位新詩人慶祝一下！」周庠一邊說，一邊已經從衣袋裡掏出一張紙片。

「經過老先生的法眼鑒定，一定是十分高明的。好吧，讓我們大家來拜讀拜讀！」眾賓客一齊和著調。

那張紙片，很快地遞到一位翹鬍子的手裡了，有幾位老花眼的先生，忙不及地找出眼鏡來戴上了，也湊過頭去跟著吟哦。一霎時，那嗡嗡的聲音，好像有一架電風扇，正在開動。

「詩，真做得不錯，只是，這個名字——黃崇嘏，實在生疏得很，生疏得很！」

「黃——崇嘏，很像是國立大學裡的一位國學教授？」

「不，國立大學的教授群中，根本沒有姓黃的！」

「那麼，一定是前朝的人物！你瞧，不論煉字用韻，完全和那位詩聖一個派頭！——周老先生，我的看法對不對？」

「哈哈哈！可惜諸位都沒有猜中，我告訴你們，他非但不是前朝人物，而且還只是一個十八歲的青年囉！」

「哦，這真難得極了，我們的確該替他慶祝一下！」眾賓客同聲地應和。

「不但我們該為他的詩篇慶祝，我們還該慶祝他最近脫離了牢獄之災！」
「怎麼，他是一個囚犯嗎？不知道曾經犯了什麼罪？」
「諸位大約忘記了罷！前幾天的報紙上，不是登載過一段『火首就逮』的消息嗎？他，就是那東街失火案中的火首。因為他年紀太輕了，被解到警署以後，一時嚇得面無人色，因此，當局格外起了疑心，最後給法院判決，竟定了六個月的徒刑……」周庠很抱憾似的頓了一頓。
「現在刑期滿了嗎？——沒有這般快——」一位冒失鬼的賓客，來不及地接了上去。
「不，不，慢慢地聽我說——昨天，他託人從獄中送了這四首詩給我，我讀了一遍，便覺得的確寫作俱佳。我想，把這樣一個好青年，長期拘禁在監獄裡，不是將他的志氣都要消磨了嗎？」周丞相望著賓客們，好像要他們立刻回答出這句問話來，可是，終於還是由他自己做了答案：「是的，這樣是太折辱他了！而且，他的四首詩裡，也是明白地表顯著：失火並不是他的過錯啊！所以，今天早晨，我已經奏明了主子，把他特赦了！」
賓客們搖頭晃腦地道：「這是老先生的恩德，自然，也是替國家培養人才之道——倘使有機會，我們倒也願意見見他！」

「這個不難，聽說，他今天也許要親自到這裡來向我道謝。」周庠很得意地又在吟哦那張紙片上寫著的詩句。

真是湊巧得很，周丞相的話剛說完，那個總管老家人，也匆匆地踅了進來：

「外面有位青年，要見相爺！」總管把那張白宣紙的漢文正楷小卡片遞去。

「哦——黃崇嘏，他來了。」周庠立刻回頭對總管道：「快請他進來！」

周庠和賓客們，眼睜睜地向門外瞧著；直到那扇配著磨花玻璃的彈簧門，的一聲推動，大家立刻覺得眼前一亮，在他們面前，早已站著一個小白臉的青年人：他那白裡透紅的臉上，嵌著一對金剛鑽似的眼睛，還有那遠山似的眉毛，還有那編貝似的牙齒，還有那懸膽似的鼻子……頭髮，雖然因為多日沒有梳洗，蓬蓬鬆鬆的，可是，正像是烏雲般的一堆，映著他脖子一條雪白的硬領，越顯得黑白分明。身上一套桃灰色的西裝，樣子是一九四三年式的，隨他在監獄裡怎樣的糟蹋，那幾條褶痕，卻還是棱角顯然，不失其挺刮。

「你就是黃崇嘏嗎？」周庠向這美男子打量了一番，道出了一句開場白。

「是的！這次多蒙老先生援助，心裡非常感激，所以特地到府道謝！」黃崇嘏鞠著躬，不慌不忙地回答。

「不必客氣，你坐下來，我們好說話！」周庠招呼著，並且帶便把賓客們介紹給他，「你的詩，我已經看過了，做得很不錯；我要請教：你可是本地人？」

「不，我原籍是臨邛，寄居在這裡成都，已經有好幾年了！」

「你府上還有什麼人？」

「先父母都已亡故多年了，家裡除了一個老乳母替我料理飲食以外，更沒有旁的人了！」黃崇嘏立刻把話風轉變了一下，「所以，這一次的火災，實在是因為她的年齡太高了，一個不留神，竟把一個油鍋撥翻了。幸虧，燒毀的，只是我們自己家裡的一間灶披間，還沒有延燒開去！」

賓客們眼瞧著丞相這樣的看重他，誰都想參加進來和他談幾句。可是，正在這時候，幾個穿著白色制服的Boy，卻恭恭敬敬地走進來請示了。

「相爺，酒席在大廳上擺齊了！」

「知道了！」周庠回去了那幾個Boy，回過頭來，便邀請黃崇嘏和其他賓客們：「今天晚上，我備著一杯水酒，打算給黃先生壓驚，並且請諸位作個陪席，現在我們就到客廳上去吧！」

一霎時，賓主們都在一張紫檀圓桌邊坐定了。自然，那些山珍海味，只要是花錢買得到的，不論它價錢怎樣高漲，在這丞相府裡依然是滿盆滿碗地擺上桌子來。他們一直吃喝到酒酣耳熱，才又退到那間書室中。

賓客中有的是平日受慣丞相的優待的，現在忽然被黃崇嘏占了上峰，心裡不免有些妒嫉，可是，詩文是他做的好，大家也沒有法子和他抗爭。他們便故意聯合起來，要掂掂他的斤兩。他們和他下圍棋，哪知圍棋也是他比較要高一著；接著又慫恿他彈奏鋼琴，只見他的手指，在黑白鍵上活潑潑地跳動著，那曲調又是多麼的悠揚圓潤！書寫，他有秀麗的筆姿，繪畫，他有傳神的妙法……總之，他對於每一種藝術，都有著高超的修養，都有著獨特的作風，非別人所能及。

周庠一一看在眼裡，他的胸中早已有了成竹——無意中又添了一個幫閒階級的人才了。這一晚，賓家們散去以後，他又對這個青年盤問了一番，並且把願意竭力提拔他的意思，略微透露了一些出來。黃崇嘏自然是感恩知己，沒有不同意的。第二天，一張「本府茲委任黃崇嘏為祕書處祕書……」的任命狀，便送到了他家裡。

由於職務上的便利，黃崇嘏便常常在相府出入，而且，他既然有了那麼一筆固定的相當豐厚的俸給，手頭也比較鬆動許多了；就是四五千元一套的西裝，六七百元一雙的皮鞋，四五百元一條的玻璃褲帶……他都有資格享受。為了這個緣故，他的風采，也比較往時格外的漂亮了。

周丞相那位愛嬌的摩登小姐，起先聽她爸爸稱讚這位青年祕書，她滿以為也不過像那批常常來的賓客們一般，全身腐氣騰騰，彎著腰，曲著背的一班頑固派。她再也料不到，爸爸的手下，會有這樣一位閃爍爍的人物。在一個偶然的機會中，周小姐畢竟和他見了面，並且互相認識了。

她是一個冰清玉潔的天真孩子，對於異性大學生們的追求，一向連正眼也不去瞧他們一瞧；真的，像她那樣的家世，像她那樣的容貌，像她那樣的學問，任何臭男子，她都是瞧不上的。只有這位黃祕書，他那風流倜儻的影子，會變成了一支金針，直刺到周小姐的心裡。

這一對青年，漸漸地親密起來了：凡是公園、戲館、影院、酒樓、舞場……一切公共娛樂場所，都有他倆的足跡。在周小姐的心裡，早在盼望他，總有這麼一天，會向她屈下雙膝，喊出一聲「My sweat heart」來的；但是，等著等著，他從來也沒有正式談到「Love」這一個字；這使她感到十分的煩惱，十分的惆悵。

難道一位年青的Miss，可以公然向男性求婚的嗎？她還沒有這樣大膽的作風。她的枕頭上，雖然繡著「Sweat Dream」，她每晚卻總是從夢中哭醒過來，從來也沒有得到過一個Sweat Dream。

她由愛而恨，痛恨黃崇嘏徒然是一個繡花枕頭：有了這樣標準的漂亮外貌，卻不懂得一些風情。但是，她和他一見了面，卻又把這些「恨」完全化成了一陣風，飄到不知哪裡去了；他們依舊是儷影雙雙地難解難分。

那位丞相夫人呢，在她的獨生女兒身上，始終是十分關心的。她在近年來，不知在虹廟裡燒過多少次香，希冀這位小姐，早日找到一位有地位、有才學、有財產、有賣相的姑爺；只因她高不就，低不配的，所以一直遷延著。現在，得到消息，既然她和這位黃祕書感情非常融洽，她也就滿心歡喜，打算把這問題，在丞相面前提一提。

晚上，在那盞螢光燈下，周丞相剛喝完了一杯高價的Pommery，臉兒紅紅的，興致非常的好。周太太便趁這機會開口了：

「你覺得黃祕書的人品怎樣？」

「哈哈，他，還用說，當然是個好青年；我也不知和你說過多少遍了！」周庠摸著他那撮小胡髭。

「我們的阿媛，聽說和他很說得來。你知不知道，他們每天在一起，真好像是天生的一對！」

「是啊，現在戀愛自由，已經不是一件新鮮的花樣了，何況，黃祕書又是一表人才，我們能得這樣一位女婿，也可以滿足的了！——哈哈哈！太太，你說是不是！」周丞相很得意地又乾了一杯酒。

「既然你同意了他們的戀愛，何不就請出一位同僚來，做一個現成媒人呢？」

「我想，這件事，就託了那位大詩人老錢去辦，好不好？」周丞相放下那只捷克貨的刻花玻璃杯，開始用飯了。

「只是，祕書，這個職位太低微了，也許阿媛心裡不開心，你能不能想方法，給他升幾級呢？」太太先吃完飯，已經把那雙象牙筷子擱了下來。

「那不是很容易的事嗎？今天，齊巧有一個府司戶參軍的缺空出來，只要我給他推薦一下，決不會不成功！不過，阿媛對於他，到底已經到了怎樣的程度，這，可還得你去探聽探聽！」

「那用不了你顧慮！」周太太拿一根牙籤剔著牙，嫣然地一笑，「嘻，他們小倆口子，一同拍著的並頭照片，我也看到過，還要探聽些什麼！」

「那很好，我明天一定去找老錢！……」

外面傳來一陣高跟皮鞋的聲響，跟著進來的，就是那位畫著細眉毛，塗著濃口紅，胳膊彎裡掛著一隻挺大的皮包的周小姐。

「哦，阿媛，你晚飯吃過了嗎？今晚上，張媽燒的真正來路貨的金錢鮑魚湯還不壞，你再吃一碗飯吧！」周太太的母性愛，完全表露了出來。

「媽，我吃過了，而且吃得很飽！」

「在哪裡吃的？」

「在康樂酒樓，和小黃一道吃的！」

周太太望著周丞相笑笑，周丞相也望著太太笑笑。小姐覺得有些不好意思，一跳一跳地跳進了她自己的寢室裡。

一個甜蜜的夢，當夜就籠在他們一家人的身上，不過，各人所感覺的，卻有些不同：周丞相是以主婚人的地位，很吃力地致了一篇頌詞；太太默默地看著那位由祕書變成女婿，不覺越看越有趣了；小姐呢，只記得很高興地在那證書上蓋了一顆小紅印。

第二天醒過來，他們雖然都明白這不過是一個虛無縹緲的夢，但是，這個夢不是沒有實現的可能的，因此，周丞相忙著要做的，便有兩樁事：第一，是設法給黃崇嘏補進了那個府司戶參軍的缺；第二，去找老錢，請他向黃崇嘏那邊說媒。

靠著周丞相的手腕，黃崇嘏升官的消息是證實了。可是，從老錢手裡帶回的，卻只是一首字跡非常娟秀的七絕詩：

「自憐身世斂雙眉，宛轉衷腸誰得知？
幕府若容為坦腹，願天速變作男兒！」

「願天速變作男兒！」周丞相瞪出兩隻圓眼睛，「這是怎麼說的，黃崇嘏難道竟是一個女人？——笑話，笑話！這幾個月來，怎麼我一點也看不出！」

周太太和小姐，都躲在一列東洋屏風背後聽消息的；現在聽見了丞相的話，也顧不得外邊有客人在著，竟一齊搶了出來。

「怎麼，誰說黃祕書竟是女扮男裝的？」周小姐還是有些不相信。

「怪道，我想男人哪裡會有這樣的細皮白肉！」周太太恍然大悟似的，「老爺，現在既然明白她是一個女人，我可不能容許她在你手下做工作！」

「哈哈，太太，儘管放心，也用不著吃醋！我是應當以身作則的，決不贊成在我屬下安置這麼一隻漂亮的花瓶，讓人說閒話！」

「本來，我很想收她做個過房女兒，只是現在一班做過房爺的，十九存心不良，所以我也只得把這個念頭打消了！」周太太一本正經地說。

「哈哈哈！做過房爺，哪裡有這樣容易！光是一件灰背大衣，一只鑽戒，我就有些捨不得啊！」老丞相居然也會打趣。

「不要收什麼過房女兒了，還是讓我和她做一對結拜姊妹罷！」周小姐這樣聊以自慰。

這消息終於傳揚了出去，那些新聞記者們，爭先恐後地都趕到黃家去訪問這位女扮男裝的黃小姐。最後，他們不約而同地歸納到同一問題上，就是：

「黃小姐為什麼要扮做男人？」

「起先，我並不是故意要扮男裝，只是為了在騎自由車上下的時候便當一點罷了！後來，不料會影響到生活上的問題了，更不得不一直穿著男裝……」

「這是什麼意思？」新聞記者覺得她的話有些奇怪，不等她說完，便接著問。

「我是一個無依無靠的人，平日只靠在各種報章雜誌上投投稿過活。哪知一般人因為常常看見發表我的作品，便說編輯人有意要捧女作家，竟有做起文章來攻擊的。我要避免這種嫌疑，所以，只得穿起男裝來冒充男人！但是我所穿的到底還是女式的男裝啊！」

「什麼叫做女式的男裝？」新聞記者們解決了一個問題，又來了一個問題。

「請你們瞧我的褲子！」黃崇嘏把西裝上衣揭起了一些，「普通男式的，大概都是在前面中央開著縫，綴著紐扣的；女式的呢，卻在左右兩邊開縫綴紐扣。我的褲子，明明和普通的式樣不同，不過一般人不注意罷了！」

當日晚報上的本地新聞欄內，就發現了一篇女參軍訪問記，自此便引起了全體成都人的興趣，大家接二連三地去訪問她；就是街談巷議，也都在說這件事。黃崇嘏不勝麻煩，只得脫下西裝，換上旗袍，帶著那老奶媽回臨邛去了。

一九四三．四．一〇，於秋長在室燈下。

（《萬象》第二年第十二期，一九四三年六月一日）

烏龍院中的悲喜劇

唱過一段西皮，接著一段二簧；餘下來的，是「好啊！……好啊！」的喝彩聲。尤其是那弦索和鑼鼓的聲浪，震動了前後左右的四鄰八舍，大家都從前客堂，灶披間，三層閣裡……趕出來，仰起了頭，直望著宋公明下處的樓上，仿佛想把各人的一雙眼睛，搬進玻璃窗裡去瞧個究竟。

在名義上，這一天是宋公明的小生日，因此，預先邀請了一眾朋友們，聚集在那「候雨樓」頭，熱鬧一番。

宋公明雖然只是鄆城縣裡的一名押司，可是，因為他不但善於交結，而且閒下來也能寫幾篇文章，在各種刊物上發表，所以，除了江湖上的幾籌好漢之外，一般文藝界中人，他倒也認識得不少。

近年來，大約是鄆城縣衙門裡政清事簡的的緣故，像宋公明一般的押司們，每日只在辦公處簽上一個「到」字，簡直是閒得要打瞌睡。一向歡喜練習武術的宋公明，他在使槍弄棒之餘，偶然也學著戲臺上的武生來一次對打。由於這個因緣，他到了悶極無聊的時候，就常常跑進戲院裡去消遣幾個鐘頭，有時客串一次，有時寫上幾篇劇評，都能恰到好處，還算像一個樣兒，大家便公送他一個「評劇家」的渾名，倒反把「及時雨」三個字，漸漸地湮沒了。

評劇家常常所接觸的，自然是男女藝員和票友們；況且，他的劇評，也占著相當的勢力，所以時下南來的京朝大角，少不得都要登門拜會，和他結交。左鄰右舍，也都看慣這「候雨樓」上，時時有伶官們的足跡。

這一天，既是宋公明的華誕，自然，凡是和他有些交誼的文友，票友，伶友……都陸續地來了。樓上點起了一對如椽的紅燭，這位主人翁宋公明，也換上一襲新縫成的嗶嘰直裰，剃光了下巴上的髭鬚，喜氣洋溢地靜聆著玩票朋友的西皮和二簧。

客是到得差不多了，酒席也已經擺設停當；朋友們正打算入座大嚼，忽然，平日和他比較要好的都頭，外號「美髯公」的朱仝，直著喉嚨高喊起來道：

「現在，該請新娘子出來見客了！」

「誰是新娘子？今天宋大哥過小生日，怎麼橫垛裡衝出一個新娘子來？」眾賓客莫名其妙地嚷著。

「哈哈哈！你們還不知道嗎？宋大哥已經在昨天下午，實行閃電結婚，並且硬拉我做了個現成媒人，老朱擔任證婚，所以只有我們倆知道這一回事！」另一個都頭外號兒「插翅虎」的雷橫，也笑著說：「今天，雖然大家是喝他的生日酒，其實，喝的還是喜酒呢。」

眾朋友聽朱仝雷橫兩都頭這樣一宣布，大家都覺得這件事幹得異常兀突，個個都顯著一副驚奇的臉色，望著宋押司，竟使那位黑三郎黑瘦的臉上，也泛出一層紅色素來。

「我不相信，道貌岸然的宋大哥，也會鬧出這桃色把戲來嗎？我記得，宋大嫂去世的時候，宋大哥曾經做過一篇洋洋大文哀悼她，一把眼淚，一把鼻涕，立誓不再續娶，因此，宋大哥在這鄆城縣裡，得了個『義夫』之名。就是我們常常到這『候雨樓』中來的朋友們，也從來沒有聽說他有一位愛人啊！」一位憨大票友，這麼提出了他的不信任案。

「信不信由你！——我卻拿得出真憑實據給你們瞧！」朱都頭嚷著，便踅進了宋押司的寢室。

一會兒，朱仝果真帶了一位妝束得十分摩登，十分豔麗的婦人出來。大家定睛瞧時，只見她秋水為神玉為骨，芙蓉如面柳如腰，和那黑三郎一比，兩人間簡直像距離了一個世紀。

新娘子倒是老吃老做地非常大方，她不勞旁人導演，就向賓客們深深地鞠了一個躬。

到了這時，大家自然也就沒得話說，只得一個個向兩位新人道喜，然後入席暢歡。

「我們在吃喝以前，應該先向新郎新娘敬一杯酒！」這聲音從上面一席上傳了出來。

「對啊！來來來，大家來向新郎新娘敬酒！」眾人同時哄然而起。

宋公明和他的新夫人，只得勉強地啜了一口UB。可是，當他們的玻璃杯剛放下，哄然的笑聲又起了：

「請新郎發表戀愛經過！」

「這……這……這位現成的媒老爺全……全都知道，……請……請他暫時做一具播音機吧！」宋公明羞得訥訥地說不出話來。

「好！讓我報告吧。」朱都頭咳嗽了一聲，把喉嚨打掃清楚：「這位新娘，姓閻，芳名惜姣，排行第七，人稱七小姐，今年二十八歲……」

「哦！我當是誰？原來就是這位閻女士！」一位學鬚生的票友，暗暗地對旁邊的一位朋友說。接著，他突然又放低了聲音：「你可曾見過這位新娘，她在北方，也唱過幾年戲，而且和一個唱架子花臉的藝員同居過。這裡——候雨樓頭，她是常常來玩的，大約就這樣和宋大哥繞上了。」

「實在……實在……」不知為什麼，那位黑三郎趁這空檔中，又說起話來了：「實在，我和她的結合，完全為了雙方都是愛好戲劇的緣故。不過，我是被動的，莫名其妙地竟造成『騎虎』難下的局面，因此，我們只好結婚了！……」

「哼哼！騎虎，也許是騎馬罷！」賓客們一齊拍手大笑。

宋公明被朋友們嘲笑得不敢再開口。臉上，又泛起了一層紅色素。他習慣地伸起手來，在自己剃去了胡髭的下巴上摸了一下，彷彿藉此可以遮羞似的。可是，這一來，卻引得大家格外哄笑起來。

「宋大哥，你不是已經答應了新娘提出的條件，把胡髭割去嗎？怎麼又伸手去摸它呢？……」那個故意裝得和宋公明非常知己的朱仝，把他所知道的消息，透露了一些出來。

「新娘子還有條件嗎？有幾個條件？快些公開給大家聽聽！」賓客們這樣催促朱都頭。

「宋大哥，可不可以公開出來？」朱仝立刻征取宋公明的同意。

宋大哥的臉是愈漲愈紅了：「這，都是你們調遣我，弄得假戲真做起來，怎麼還要公開什麼條件！」

朱都頭嘻開了嘴，不好意思再說下去。可是，賓客們卻又大聲地笑著，嚷著，非要朱仝宣布出來不可。

「聽……聽說，第一個條件，要新郎立刻動員，割去胡髭；第二個條件，要新郎即日開始卸載長袍，改穿西裝，這有個名目，叫做割鬚棄袍。……」朱都頭毫不隱瞞地說了出來。

「哦！怪不得，宋大哥的下巴上，今天修刮得這樣子乾淨，原來是為了討好新嫂子起見。」朋友們這樣打趣著。席間又起了一陣歡笑。

閻惜姣也故意作態，嬌羞滿面地偎在宋押司座右，笑得柳腰款擺，格外顯出她的柔媚來。

「宋大哥，你自從大嫂故世以後，就掛起了這塊『候雨樓』的匾額；現在，既然有了新嫂子，大可以取消這招牌，不必再等候什麼了！……」一位朋友還沒有說完，卻引起了眾人的注意。

「咦！真的，招牌已經換過了！」眾人一齊抬頭望著上方的匾額。

一位近視眼先生首先搶著讀那匾額上的字：「怎麼……怎麼改了鳥籠……了！」

「哈哈哈！哪裡是鳥籠！——新郎和新娘，難道是兩隻小鳥兒，所以要關在鳥籠裡嗎？或者是新郎要提鳥籠的預兆吧？……」一位促狹朋友說著俏皮話。

「不是鳥籠，是什麼呢？」近視眼先生還要爭辯。

「哈哈哈！明明白白的是『烏龍院』，你的眼睛怎麼這樣的不靈？」另外一位朋友為他說明。

近視眼先生跑過去，抬起了頭，仔仔細細地端詳了一下，才忸怩地說：「『烏龍院』，是的；但是，我倒要請教，為什麼要把那『候雨樓』的招牌，換上這三個字呢？」

「這就是因為我們這位新嫂子，擅長『烏龍絞柱』的表演，時常絞得我們這位宋大哥喘不過氣來；宋大哥為表彰新夫人的特殊技能起見，這才以『烏龍』名院。」一位票友自作聰明地解釋著，一邊又問宋公明：「宋大哥，我說的對不對？」

當晚，這一眾胡鬧朋友，在「烏龍院」裡吵嚷了一個通宵，直待曙色已動，這才紛紛各散。

到了第二天，這「烏龍院」裡的一搭一檔，才正式過起新家庭生活來。鄰舍們看見這屋子裡，驟然多了一個豔妝的少婦，不期然三三兩兩地議論起來，有的說：這位評劇家宋老先生，每天晚上唱獨腳戲，唱得不耐煩了，所以要找一個花旦來做配角。有的說：近來一般人都患著做過房爺的傳染病，這位宋先生，想來也有些見獵心喜，因此也收了個過房女兒玩玩。更有人說：宋押司是在做好事，他因為這位閻惜姣小姐無依無靠的，身世悲涼，而且，她自己屢次哭訴過去一切的不當，以後立意要做個新人，所以宋押司才收留她的。

朋友們打擾過了他的這一頓喜酒，當面雖然不好批評，背後卻也在議論，有的說：宋公明和那「架子花臉」，誼屬朋友，照他平日那種任俠仗義的態度，似乎不應該占據朋友的妻子。也有的說：那個年富力強的架子花臉，和她同居的結果是：名墮嗓壞。宋押司年將半百，縱有芙蓉仙子作後盾，不見得就能攬得過她。

事實上，這位宋公明對人雖然很有權變，在這個女人身上，的確也變了糊塗蟲了。他始終是一往情深地戀愛著她，凡事千依百順，閻惜姣只要偶然嘆一口氣，或者臉上露出一些不快之色，他便會唱起四平調來：「宋公明打坐烏龍院，猜一猜大姐腹內情：莫不是菜飯不隨你的口？莫不是衣衫不合你的身？莫不是鄰居們得罪了你？……」非問明原委，設法遂了她的心，博得她粲然一笑不可。他絕沒有想到這位七小姐之來，乃是別有用意的。

一個燦爛的春朝，宋公明剛從粉紅色的夢裡醒過來，這位閻惜姣七小姐，卻已梳洗完畢，婀婀婷婷地從浴室裡走出來。

「Darling！你醒了，要不要吃些什麼點心？——牛奶吐司呢，還是香蕉布丁？……」閻惜姣把她一身善於狐媚的解數，完全獻了出來。

宋押司心想：這真是一位賢德的夫人；對於丈夫這樣的體貼入微。於是一骨碌爬起，湊近閻惜姣的粉靨，作出那垂涎的樣兒道：「我一見了你，就不想吃什麼東西了！什麼牛奶吐司，什麼香蕉布丁，全不在我的心上；這……這叫做『秀色可餐』呀！」

閻惜姣將宋押司的手一格道：「正經點！誰和你鬧玩笑？真個的，你要吃什麼點心？」

「唔！那……那隨便吧！你給我什麼吃，我就吃什麼，……我什麼都愛。」

「可是，你得拿出錢來，這年頭兒，什麼東西都待賣高價，我可賒欠不動。」

閻惜姣漸漸把話題引到正文上來。

宋押司這倒有些驚奇了：「怎麼，前幾天給了你五萬塊錢，遮莫已經用完了？」

閻惜姣倏地變色，從鼻子裡哼了一聲道：「五萬塊錢夠什麼花的？你不是答應給我二十萬，在銀行裡存貯起來的嗎？現在只給了我五萬，差得還遠呢！這日常的生活費，難道要我在這五萬塊錢裡提出來？」

宋押司見她忽然變了臉，不由著急起來，連忙央告道：「我的好人，咱們還分什麼彼此的，我的就是你的，你的不就是我的嗎？」

閻惜姣見宋押司有些憊賴的神情，臉色越發往下沉，倏地雙手叉住纖腰，兀是瞪著眼道：「你是個男子漢大丈夫，可別當我小孩子哄，當初我嫁給你的時候，你是怎樣答應著來的。到了如今，卻說這些渾話。乖乖的，你乾脆一點，將那其餘的十五萬獻了出來。不然的話……」

宋押司不料她認起真來，嚇得一個哆嗦，期期艾艾地道：「我已經囊括所有，湊了五萬給你。不瞞你說，那還是賣去了一書櫥的祕本舊籍，又饒上了祖傳的兩塊漢玉，才得了那些錢。你要我再湊十五萬，那是要我這條老命了。」

「哼！你別這樣假癡假呆，有錢，趕快拿出來，你不給我錢，我何必嫁給你這個老頭子。」閻七小姐爽性打開了窗子說亮話。

「我哪裡還有錢！要是有錢，我會有個不給的道理嗎？……」

「咄！這個，你休想瞞我，我早就打聽得清清楚楚了！你在城西面，有許多租地造屋的宅子，不是期限已滿，一幢幢都拆卸了嗎？單是那些磚瓦椽木，一些廢材料，就賣了三五十萬，你還騙我沒有錢。哼哼！這樣無情無義的東西，我深悔錯認識了你！」閻惜姣直蹦到宋公明面前，伸出食指，直指到宋公明的鼻尖上。

宋公明連忙側過臉去，避開她的爪鋒，著急地嚷道：「這算什麼！這算什麼！」

「算什麼！——打你這個吝嗇鬼！叫你認識認識七小姐。」閻惜姣撈起掛在壁上的一支鳳凰簫，便向宋公明的額上打去。

想不到當初在合巹之夕吹奏〈鳳求凰〉曲子的一支簫，卻成了此日的「當頭棒」。

「喔唷！喔唷！你反了！」宋公明驀然受到了這一下「當頭棒喝」，不禁大怒，忍著痛撲過去，奪下了那支鳳凰簫。

他頭上涔涔地流著鮮血，一滴一滴地滴下來，直滴在他那件新做的嗶嘰的直裰上，殷紅斑斕地，好像繡出了朵朵的鮮花。

「你這吝嗇鬼，誰能跟著你，過一輩子的寒酸日子！」閻惜姣一邊說，一邊在整理細軟，準備開步走。

「難道就這樣走了嗎？」宋公明氣咻咻地問。

「對不起！你如果氣不過，不妨到法院去控告傷害罪！——再會了！」

閻惜姣知道這位黑三郎的老頭子——宋太公，因為不贊成兒子和她的結合，已經將那拆屋所得的一筆錢，揹住了存入銀行，不肯交給宋公明胡亂花用。總算已經到手了五萬元，目的也達了一部分，還是三十六計著，走為上著；耽在這裡，不過是供給宋黑三受用，那有些犯不上。

於是，她悍然不顧地提了那個手提箱，大踏步地一去不回了。

這幕悲喜劇的情形，很快地傳到了新聞記者的耳朵裡，報紙上便用「杠上開花」的標題，刊出了一篇洋洋灑灑的「特寫」。

疑神疑鬼的閻七小姐，看到了這一則新聞，愣把一支亂箭，射到宋公明的朋友外號兒「金錢豹子」的湯隆身上去，被她用了「誹謗」的罪名，在法院裡告了一狀；說是那一則新聞，是金錢豹子的手筆。哪知只審了一庭，她又把原狀撤回，改控那個和宋公明同衙門當差的都頭朱仝。這一下，累得宋公明的朋友們，一個個惴惴不安，誰都在準備吃官司。

這座「烏龍院」，從此只剩得宋押司的咄咄書空之聲。鳳去樓空，依舊是「樓上花枝笑獨眠」。

——三二•七•一五，作於秋長在室

（《春秋》創刊號，一九四三年八月十五日）

黃粱夢（又名〈枕中新記〉）

邯鄲市中心區的那架標準鐘上，雖然已經敲過十下，可是，那家唯一的新型大飯店裡，卻還是寂寂的沒有一些聲息。

一會兒，一陣電鈴聲，從十三號房間裡發出來，那值班的茶房王二，才揩揩眼睛，沒精打采地踅了進去。

這是那位本地人盧生，和幾個朋友們合股開著的長房間，他在每天晚上，總是邀約著一夥胡調朋友，到這房間裡來享樂，目的當然離不了飲食男女和賭博。

昨晚上，盧生因為多喝了幾杯花雕，和朋友們玩了幾副撲克，便覺得身體有些支持不住，竟等不得朋友們散場，已經醉倒在那張長沙發上了。為了睡得比較往日早些，所以第二天醒過來，也比較要早些。他伸手按了一按電鈴以後，便趿著拖鞋，走到那張梳粧檯邊，在那盒子裡抽出一支三炮台香煙，燃上了火，回到那張沙發上，很安逸地抽吸起來。

「盧先生，要些什麼東西？」茶房王二，恭恭敬敬地裝著笑容。

「什麼時候了？」盧生望望自己腕上的阿米茄，打了一個呵欠：「啊！不知道什麼時候停止了！」

「盧先生，早得很，剛打過十點呢！」王二依舊保持著他的笑容。

「我……我肚子餓了！廚房裡可有什麼吃的東西，你給我去叫一客來！」疲勞襲擊著盧生，使他又打了一個呵欠。「真沒有什麼吃的，給我炒一盆蝦仁蛋炒飯就算了！」

「蛋炒飯，午飯米還沒有淘洗呢，恐怕盧先生等不及罷！」王二顯得很為難的樣子。

「那麼，你叫一個出店到大中華咖啡館去跑一趟，給我弄一杯熱咖啡，帶兩塊土司就行了！」盧生狠狠地把香煙抽了一口。「反正，你們這裡的那種黃粱，我本來不大歡喜吃！」

「哼！這黃粱，實在是一種蒸穀米，別看輕它，吃了會助消化呢！」王二關上房門走了。

盧生趁這閒置時間，開始做起他的盥洗工作來。他滿以為這一餐起碼的早點心，是一定可以到口的。不料當王二回來的時候，依舊空著一雙手，他說：「大中華的咖啡，要十一點多鐘才應市！」

「那你們的客飯，到底要什麼時候才會有呢？」盧生有些急不及待的樣子。

「大概十二點鐘，一定可以開飯了！」

「啊！真無聊！難道要我餓著肚子，等待這麼長長的一個多鐘頭嗎？」盧生把第三支三炮台的煙蒂，丟進了痰盂。

「盧先生，你要是覺得太無聊，不妨到隔壁房間裡去找那位呂老先生談談，——就是昨天新來的那個怪有趣的老頭子，他今天起來得很早，看樣子，也十分地無聊呢！」

盧生頓時記起：昨晚上的確看見隔壁房間裡，有一個穿著道士服裝的老頭子，對人談笑風生，詼諧百出，曾經疑心他是一個江湖賣藹的術士，現在既然有這機會，不妨過去和他談談，或者請他批一張命書，看看今年的運道怎樣也好。

決定了主意，盧生便燃起了第四支三炮台，走出十三號房間，交待王二把房門鎖了，然後舉起手來，在十四號房間門上，篤篤地敲了幾下。

「克明！」房間裡傳出這麼一句外國話，盧生才大著膽子，推門進去。

「哦！哦！請教先生尊姓？」那位坐在沙發上的呂老先生，已經站了起來。

「我姓盧，就住在隔壁十三號裡。只因今天起來得太早了，獨自個待著，實在無聊得很，所以特地過來，想和老先生隨意談談！」盧生說著，便打開那只賽銀煙盒，掏出第五支三炮台來：「抽煙嗎？老先生！」

「別客氣，我是不會抽煙的。」呂老先生指著對面那只新式沙發：「請坐！」

盧生大模大樣地把屁股擱上那張玫瑰紫的絲絨沙發，先盯起一雙眼睛，在這房間裡不住地打量：從天花板上移到牆壁上，從牆壁上移到地板上，從地板上移到擱著的那些行李上，從行李上更移到那位呂老先生的頭、胸、腿三部上。大約看到他的行李太蕭條了，衣服太敝舊了，盧生不覺嘆了一口氣，說道：「唉！想不到慣在江湖上跑跑的呂老先生，也和我盧生一樣的窮困！啊啊！我們真枉稱是個男子漢，也許連那些走單幫的女人，她們口袋裡麥克麥克的，要比我們強得多呢！」

「這是什麼話！我瞧你臉色紅潤，身體結實，營養很充足，生活過得一定不會怎樣壞，為什麼要發起牢騷來？」呂老先生很不滿意他的態度。「老實說，在這個時世，一個人能夠像我們這樣平平順順地挨過去，也就算了吧！」

「唉！」盧生又是一聲長嘆。「這種最起碼的生活，難道就可以滿足了嗎？」

「依你說，要怎樣才算滿足？」呂老先生追問了一句。

「我並不想怎樣大富大貴！不過，我從六歲那年進幼稚園上學，漸漸地在小學、中學、大學畢了業，成績都列入甲等，接著，又到外國去鍍了一次金回來，消耗了二十年的光陰，好幾萬的家財，滿以為有了這些學識，獵取富貴，猶如拾起一個香煙屁股那樣容易。哪知，現在年紀已經活到四十多，眼看著那些親戚朋友，一個個升官發財，趾高氣揚地做了人上人了。只有我，依舊是兩袖清風，每個月還是靠著這一點點有名無實的薪金，勉強在度著日子。——現在，我不想別的，關於吃的方面，我只要每餐能享受兩碗白米飯，以及雞、鴨、魚、肉……等等下飯菜；衣服，除了冬裘夏葛的中裝以外，還得有幾套『牛反新』（New Fashion）的西裝；住的，至少是一幢三層樓的花園洋房；行呢？即使沒有戲司令可以供燃燒，木炭汽車總得有一輛。此外，還得娶幾個摩登活潑的妻妾，生幾個專會轉歪念頭的兒子，以便幫著我，發展一些投機事業。這樣無憂無慮地，讓我過這麼幾十年的安逸日子，那才算不虛此生了！」

「哦！這樣你就滿足了？那還不容易！」呂老先生說著，就在他的行囊中，撿出一個漂亮的枕頭來。

那枕頭是用藍緞子做成的，四周是湘繡的彩色圖案花邊，中央卻是用銀線繡的兩個美術英文字：Sweet Dream。一端開口的地方，雖然用揿鈕扣住，但是，卻露出一條隙縫，仿佛看得清裡面有些什麼似的。

「你枕著這枕頭，睡一忽兒吧！也許，你所要的，都會使你得到了。——反正，我們的午飯米，還不曾下鍋呢！」呂老先生把那枕頭向床上一擱。

盧生因為早晨起來得太早，的確有些疲倦了；聽了呂老先生的話，不覺呵欠連連地，睡魔開始向他侵襲了。他好像被施著催眠術，自動地在那床上躺下來，靠著那枕頭，漸漸地聽不見呂老先生的說話，聽不見隔壁房間裡的無線電播音，聽不見窗外傳來的電車轔轔聲。他覷著眼睛望去，只看見那枕頭開口的那條隙縫，一點兒，一點兒地擴大開來，大得像一扇門，他不知不覺地就從這門裡走了進去。

走進了門，立刻豁然開朗，另換了一個環境。他走啊走的，一霎時，就走到自家門前了。

「杭育！杭育！」在這陣喧嘩聲中，只看見一大批苦力，抬著一隻隻的大木箱，滿頭流著汗珠，直向他家的大門裡送去。

「喂！這些木箱裡裝的是什麼東西，誰叫你們送到我家來的？」盧生詫異地向苦力們問。

「哦！盧先生，你回來了？這三百箱固本肥皂，不是你昨天剛買進，叫我今天送來的？」中間一個像小職員模樣的人，走上來和他這樣打招呼。

「錢，付過了嗎？」盧生所躊躇著的，是怕那人會向他要貨價。

「咦！盧先生，你忘記了？你昨天付的三張即期支票，我們已經完全兌了現了！」那個小職員一本正經地。

盧生雖然記不起昨天曾經做過這件事，但是，有這許多禮物送上門來，當然不妨將錯就錯；他點點頭，指揮著那些苦力們，一箱箱地抬進來，堆積在那間廂房裡。

當那小職員剛出門，接著，又有人送貨物來了，一箱箱抬進來的，是火柴，是陰丹士林的藍布，是各種牌子的香煙……甚至連夜壺、馬桶、女人的月經帶、以及號稱小人雨衣的什麼袋，沒有一件不是成箱整捆地充塞在他的府上。

而且，最奇怪的，他竟成為一個「運氣來，推不開」的典型人物，他家裡有著什麼貨物，這東西便一直向上漲價，漲得連他自己也有些不相信。他那本存款簿上，自然逐漸地加上了好幾位數字。

盧生不期然地擠進了闤闠聞人之列了，凡是他以前所希冀著的，一椿椿，一件件，都很容易地成了事實：他有寬大而崇高的花園洋房，他有新型的汽車，他更有脫一套換一套的漂亮服裝。他所躊躇著的，就是應該怎樣選擇一位太太，和幾位姨太太——雖然他那本真皮面的懷中記事冊裡，盡記著那些女朋友們的通訊處和電話號碼。

由於虛榮心在驅使著他，不但立志要找一個全國最美麗的女人做物件，而且也要是全國都知道她的名字的。——誰是全國聞名的女人？一個良家閨秀，即使常常在交際場中露露臉，不至於會全國聞名；一個多產的女作家，即使常常在刊物上刊登幾篇作品，這種風花雪月的文章，也只為一部分的小說迷所賞識，她的名字，也不會傳到一般社會裡。如果要找一個連販夫走卒也知道她名字的女人，除了紅過半爿天的電影明星還有誰？

極度感到性的煩悶的盧生，這一天他從市場裡凱旋回來，那本存款簿上，當然又加上了幾位數字。一位無往不利的摩登人物，出現在交際場中，卻沒有一個異性的伴侶，這不是笑話嗎？因此，他一手在桌子上放下那本存款簿，一手便在書架上取下了那本燙銀字的《電影明星照片集》來。

他這樣一翻，那樣一翻，終於成見很深地又翻到那頁北國新星鄭花容的玉照了。不論她是拈花微笑的姿態，裸體出浴的鏡頭，以及逗弄小狗的寫真，每一張都蘊蓄著誘惑人的魔力，使那個色迷迷的暴發戶，不由從心坎裡泛出一層熱，他尖著嘴，向鄭小姐的照片親了一親，輕輕地喊一聲「My Heart」。

從第二天起，盧生暫時放棄了他跑市場，探行情的工作，竟是鑽隙覓縫地想和鄭小姐去接近。幸虧，皇天不負苦心人，當他努力了一個星期以後，居然獲得了和鄭小姐共宴的資格。

某一個晚上，他跟鄭小姐從火山上下來，正在花園一角，喁喁地像講行情一般地談著情話，他說：「我生平所認識的女朋友，感情總是『互見升降』的，有時『見低』，有時『回升』，有時『軋平』，有時『堅穩』，……只是抱著敷衍的心思，無論如何，過不了幾天，便在『步降』中了。哪知，自從遇到了你鄭小姐以後，我的情感便『突破大關』，就是在睡夢中，也一直在你身邊『盤旋』……。好人，請你可憐見我，這件事，和我早日『成交』了吧！」

「成交，什麼叫做成交？你真是跑市場跑昏了，我又不是一件貨物！你要是對我真心的話，只要把我提出的幾個條件一齊答應了，我當然就是你的人！」鄭小姐的個性倒很爽快。

「不要說這幾個條件，像這樣『求過於供』的貨色，即使『盤子』再堅挺一些，我也決定要『買進』的！」盧生依舊是滿口的市場術語。

「該死！該死！該死！」鄭小姐撅起她的櫻桃小口：「你還是貨色貨色的，什麼『盤子』？什麼『買進』？你這樣侮辱我，我們不必再談下去了！……」

「好人，對不起！我實在在市場裡講慣了這種生意經，一時改不過來，要請你多多原諒！」盧生舉起右手掌，在額頭比了比，算是行了一個軍禮。

「我最不愛聽這種商業化的字眼，因此，我對於市儈們是一向沒有好感的；要不是你先送給我這樣一隻大鑽戒，我真不願睬你呢！」鄭小姐氣憤得幾乎要把手上的那只鑽戒捋下來了；可是，仔細瞧瞧，終於又有些捨不得。

「別生氣，我是全靠做生意吃飯的，當然是滿口的生意經，要是不在生意上專心致志，哪裡會積得起這樣一份家產，哪裡會買得起這只大鑽戒？」盧生還是不改他那驕傲的習性。

「不必多煩了，你既然侮辱了我，你既然有的是錢，便得賠償我的損失！」鄭小姐畢竟被物質魔力所動搖，回嗔作喜地說。

「我的小鴿子！」盧生和她的身體貼緊了一些：「我們要是能夠結合起來，我所有的，哪一樣不就是你的，還要說什麼賠償不賠償！我想，我所能夠報答你的，只有在我們結婚大典上，儘量地花一筆錢，讓你大大地扎一次臺型，好不好？」

「你打算花多少錢？」鄭小姐不住地向盧生瞟著媚眼。

「三百五十萬，我已經開好一張支票在這裡！」盧生忙從懷中掏出一本支票簿來。

「是不是連給我的存款，一起在內了？」鄭小姐好像有些不相信。

「對你說過了，我的就是你的，你要多少，儘管簽我的支票就是了。這三百五十萬，完全是作我們結婚費用的！」盧生滿不在乎的。

「哦！Dear，你的實力真不錯！我……我……我作準要愛你了！……」鄭小姐自動地把香吻送到盧生的嘴唇邊。

物質終於得到了勝利。盧生要是憑著良心，不去做這害人的囤積生意，他怎麼能嘗到鄭小姐香吻上的甜味！

婚禮籌備得比特別快車還迅速，要不了幾天，他們便借到一處公共禮堂，發出大批請柬，邀請所有的社會聞人，一齊來觀禮。還有許多影迷們，雖然得不到他們的請柬，但是，要瞧瞧鄭小姐的新娘裝束的，更是成千成萬；所以，剛挨到吉日良辰，那結婚禮堂的大門外，早已人山人海的擠得水泄不通了。招待員都是嬌滴滴的蜜司們，或是文謅謅的先生們，觀禮的人一直往前衝，衝進了鐵門，他們便無法維持秩序了。一霎時，只見人頭滾滾，大家都嚷著：「要瞧鄭花容。」一被留下在後面的人，尤其情急，他們或她們，一心一意只找較高的地方站立，碰到椅子，就站上椅子；遇著桌子，就站上桌子。到後來，竟連新郎新娘的立腳點也被占據了；非但沒有讓他們安安穩穩地行一個鞠躬禮，就是那張鴛鴦證書上蓋印的手續，也無法執行。

這儀式草草地終了場，那公共禮堂被群眾踏壞的桌椅，竟提出賠償二十八萬的要求。——這一點，便可以看出盧生的財力了。

他支出這筆龐大的結婚費，雖然只是牯牛身上拔一根毛，可是，他賺進一分錢，曾經費過一分心力，隨他外表是怎樣的慷慨，到底總覺得有些肉痛。為了要補充這筆出賬，他格外的把全副精神都用在買進賣出上。

這工於心計的盧生，收入既然是日積月累地在增進，享受更是奢侈得可埒王候。他除了娶過一個舞女和一個嚮導女郎做小老婆以外，在短短的二十年中，他那位鄭花容夫人，曾經替他生下了一雙麟兒，不但人丁興旺，那「有子萬事足」的諺語，居然也應在他身上了。

他那位大公子，倒是一個拘謹的青年，只知道保守父親的財產，什麼外界的誘引，都不能搖動他意志。他的缺點，就是把金錢看得太重了。二公子呢，才是一個「克承箕裘」的兒子，他不但能像他父親那麼會打算，並且，風流放誕，也像他父親那麼的愛女人。

「阿二每晚上在舞場裡胡鬧，太不像樣子了，你得教訓教訓他！」鄭花容常常這樣勸告丈夫。

「哼！怕什麼呢，當我在年青的時候，不是也和他一樣的把舞場當做了家庭嗎？要不是這樣，我又怎麼會和你認識呢？——算了吧。」這是老盧的答覆。

果然，不上半年，阿二終於因為迷戀一個舞女的緣故，向他哥哥要一筆鉅款，不能達到目的，竟是糊里糊塗地用斧頭把阿大砍死了。

這樁轟動一時的血案，雖經老盧偷天換日地想靠著金錢的力量，把它隱瞞過去，怎耐傳布得太迅速，一霎時，便鬧得通國皆知。最後，經過最高法院的判決：

阿二終於被處了絞刑。

老盧花去大部分的家產，原想保全阿二的一條性命的，萬不料結果是這樣的悲慘。他在懊喪之餘，曾經對他的夫人說：「我還有大批的西藥和棉紗棉布囤著，即使膝下空虛，將來把這些囤貨出了籠，也足夠我們一家人快樂半生了！」

「哼！老實說，自從阿大、阿二過世以後，我也沒有心情再活下去了，我只希望能早早地跟著他們去！」這是鄭花容夫人的消極話。

鄭夫人一天天地消瘦，消瘦，從前的一顆燦爛明星，不久便變成了乾癟老婆子，在這極度的打擊下，到底如了她的心願，跟從她的兩位愛子走了。

老盧手頭的現款，已經花得差不多了，他便打算把囤著的西藥，提早出籠。他找到一個向來熟識的藥房跑街，託他代為經銷。不料，那跑街先生只把那貨樣檢視了一下，立刻便現出了不自在的顏色來：

「盧老先生，你上了當了！你瞧，這些瓶子上的商標，全是偽造的東西，那瓶子裡的藥品，還靠得住嗎？他們雖然能欺騙外行，可是，怎能瞞得過我們呢！」

「啊！是假貨？真的嗎？」老盧瞪出眼睛，幾乎暈了過去。「我剩餘的財產，一半就在這些藥品上，你，你能給我想個辦法，救救我這條老命嗎？」

「哈哈！你一條命，有什麼稀奇！要知道，我如果糊里糊塗地給你推銷出去，不知要害多少條性命呢！」跑街站起來走了。

「哼哼！你不要當我只靠這些西藥活命的，我還有大批的棉紗、棉布囤著呢！——你們這些勢力人，呸！」老盧對著那跑街的背影，吐了一口唾沫。

這口唾沫射出窗外，於這位跑街先生倒一點沒有受著影響，不偏不倚地，卻好射中在那個急匆匆從內室趕出來的女傭的臉上。

「啊呀！老爺怎麼把我的臉當作痰盂了？」

「你自己不小心，為什麼這樣慌慌張張地趕出來？」老盧把自己的差錯，完全推在那女傭身上。

「老爺，我是來報告一個消息的：今天一早，二姨太太和三姨太太，一同帶著兩個包裹，偷偷地逃跑了！」女傭還是在揩她臉上的唾沫。

「哦！有這等事，她們是什麼時候走的？」

「大約早晨四點鐘！」

「糟糕！去了這麼久了，你為什麼到這時候才來報告我？」

「這是兩位姨太太特別囑咐我的：要聽到那鐘上敲過十一點，才可以宣布出來；否則，她們要停我的生意的啊！」

「蠢貨！蠢貨！」老盧癱瘓在沙發上，只是嘆氣。「隨她們去，反正倒楣到極頂了！」

忽然，壁上的電話鈴響起來了，老盧無可奈何地掙扎起來，隨手抓起了那個聽筒：

「喂！你是哪一位？」

「我是老王！你知不知道，……我們囤著的棉紗、棉布，出了毛病了！」

「什麼毛病？什麼毛病？快說！」老盧恨不得把身子鑽進那個聽筒，和老王面談一下。

「我們的棧房，昨天晚上遭了火，棉紗、棉布全給燒了。」對方簡單的報告。

「唉！唉！我買進這批貨色，曾經向別人移挪過一筆款子，這怎……怎麼辦？！」老盧心裡一急，兩手一滑，聽筒掉了下來；人呢，也就這樣暈了過去。

等到盧生蘇醒過來，睜眼一看，只見一切的一切，依舊是在邯鄲大旅社的十四號房間裡。那位呂老先生，也還坐在旁邊陪著他。

「你醒過來了？剛才，你的願望不是都達到了嗎？你覺得其中的況味怎樣？——哈哈哈！」呂老先生來了一串有尖刺的笑聲。

「好吧！這樣的苦杯，我是不願再嘗的，我以後一定不再希冀什麼洋房汽車了！……」

盧生頓時覺得肚子有些饑餓，按了按電鈴，叫進茶房來問問，據說：黃粱飯還沒有煮熟呢！

一九四三・八・二四，於秋長在室

（《春秋》第二期，一九四三年九月十五日）

朱買臣離婚

會稽山上的草木，早已給秋風打得七零八落了。那個被人指指點點，一向就連誰也瞧他不起的文丐朱買臣，正像草木那麼的凋零——連那件讀書人靠它做幌子的舊綢直裰，也不知在什麼時候送進了「娘舅家」，只是穿著一件破爛的短襖，踏著一雙敝舊的苴履，完全變成一個販夫走卒的模樣了。

縱使肚子裡的墨水，多得像蘇潮韓海一般，叵奈時運不濟，便什麼事也別想順心。就像朱買臣，空有一肚子的詩書，卻是屢次出應高等文官考試，結果總是名落孫山，沒精打采地回轉家鄉。

幸虧，他眼見同村有一個窮漢楊孝先，天天到會稽山上去打了柴，挑到城裡去出賣，勉強倒也可以糊口。朱買臣覺得這種營生，自己的力量還可以辦得到，他便向楊孝先借了一條舊扁擔和一把砍柴刀，天天跟著楊老頭，往會稽山上跑。

這一天，他從山上下來，肩上挑著兩捆枯枝敗葉，手裡依舊執著一本破書，不住地在念著：「……君子固窮，小人窮斯濫矣。……」卻沒有顧到前面有根電杆木頭，擋住了去路；他低下了頭，走呀走的，一個不提防，那副柴擔，就和它接了一個吻。他連忙停住腳步，那束柴捆早已散了滿地。一個員警走過來，向他大喝一聲，同時，在他脊梁上狠狠地打了一棍：「豬玀！快些撿起來，這樣清潔的馬路，又被你弄髒了！」朱買臣只是唯唯地答應著，連忙把地上的柴枝拾掇清楚。恰巧前面發出一陣橐橐的皮鞋聲，立刻走過一個梳著武則天頭髮的女人來，他仔細一瞧，早認清是他同村的那個黃毛丫頭七斤囡，自從前幾年跟人情奔之後，一向得不到她的消息；想不到她會打扮得這樣摩登闊綽，看她那種態度，要不是做了貨腰女兒，起碼也一定當了鐘點姑娘了；可見娘兒們的飯碗，畢竟比男子們容易找得到。

可是，事實已經被上帝安排成這樣，男子是沒有法子變做女人的，由他羨慕或是嫉妒，全不中用。他沒有心思再去念那「子曰，子曰」，隨手就把那冊破書塞進懷裡，轉身走進那個新建築的「金屋村」中，提起喉嚨高喊著：「柴爿要口伐？柴爿！」

「哦！就是前天來過的這個人，他的柴，全是枝條，沒有大灶不能燒！」一家後門口，兩個娘姨在說著。

朱買臣走過了好幾條馬路，進出了好幾個裡巷，所聽到的，大都是這樣的話。他喉嚨喊啞了，挑著的柴擔，分量沒有減輕一些，天色倒漸漸地黑下來了。他要趁早趕出城去，只得加緊速度地趲行。

一會兒，朱買臣雖然已經到了自家那間破屋子的門前，可是，一想起他那位嬌妻，真像一朵多刺的玫瑰那麼豔麗，使他既愛親近她，卻又有些懼怕她；隨他怎樣小心謹慎地侍侯著，從來也沒有博得她的一笑過。

她是本村劉二公的愛女，在村人們的眼光中，彷彿就是好萊塢挺漂亮的女明星狄安娜竇萍；因此，給她取了一個外號，叫做玉天仙。這個好虛榮的女人，被人這樣一捧，自然格外要賣弄風騷，自命不凡起來了。朱買臣年青時就入贅在她家裡，過著一種不自由的生活，整天只是拿幾本書做消遣品。她卻老是在裝飾上用功夫，即使買不到來路貨的巴黎化妝品，國產的雪花膏、生髮油、蔻丹、口紅……卻一樣也缺少不了。——這樣一位嬌滴滴的少婦，配了這樣一個黃泥腿的書呆子，正合著那句「鮮花插在牛糞上」的俗諺；誰都想像得出會產生怎樣一個不調和的家庭來。

他忐忑不安地在門口站了好一會，聽見那附近公路上的末班長途汽車，已經由杭州江濱，到達會稽城外了。他知道時候已經不早，只得大著膽子，舉起手來，在那扇板門上，捶了幾下。

「是誰呀？」門裡邊傳出一個尖銳刺耳的女高音。

「是……是……是我！」朱買臣囁嚅而應。

「你這窮鬼，倒也有回家的時候！」門開處，那位臉上塗得紅馥馥香噴噴的玉天仙，一個箭步，搶上前來：「你一早就出門，整天的在外邊幹些什麼鳥事？難道不想想你老娘餓著肚子在家裡，可以喝西北風當做飯吃嗎？」

「好人，我是到山上打柴去的，打了柴，又挑進城裡去賣，所以回來得遲了！」朱買臣慢條斯理地把那副擔子息了下來。

「賣柴，就應該賣給人家，怎麼又將柴挑了回來？」玉天仙鼓起嘴，矗起了眉毛。

「城裡現在物價樣樣上漲，人家都實行節約，不燒大灶，改用煤球爐子了；所以，我這些枝條柴，也不大有用場，他們便把價錢貶得很低，有些人家，竟是一口回報：『不要！不要！』我有些氣不過，索性挑了回來，留著自己燒罷！好人，我知道你肚子餓，讓我把火生起來吧！」朱買臣打開柴捆，抽出幾根柴枝。

「生火，有什麼用？桶裡沒有米，籃裡沒有菜，難道生起火來吞火嗎？哼哼！我嫁了你這窮鬼，一逕是吃著我爸爸的，喝著我爸爸的，現在我爸爸自顧不暇，不再管我們的伙食了，怎麼你今天還是空著手回來？你到底是安的什麼心？」玉天仙伸出她的纖掌，就賞了朱買臣五支美女牌雪茄煙。

「啊呀！太太，你可別動手。前幾天，我曾經請小糊塗算過命，據他說：過了今年四十九歲，明年五十歲，一定可以交到好運，至少可以得到一個簡任官！」朱買臣摸著熱刺刺的臉說。

「官！你還想做官？什麼官配你做？除非是自來水管，螢光燈管……你不要在那裡做夢！」玉天仙披了披她的薄嘴唇。

「現在，隨你怎樣的侮辱我好了，事實勝於雄辯，總有一天，你會親眼看見我抓到那張委任狀的！——那時候，隨你要什麼金鋼鑽戒指，阿米茄手表，……我都能替你辦到。」

「省省罷！等到你做了官，那金鋼鑽會賤得像糞土，阿米茄手表連狗腳爪上也要套上去了；誰稀罕？」

「那麼，你要怎樣呢？」朱買臣氣得火從頂心直冒。

「我什麼都不要，我只要有飯吃！——前一晌爸爸不是對你說過：現在城裡出版的刊物很多，盡有不少讀書人，每天寫上幾千字賣給他們，也可以弄碗薄粥喝喝；你既然自己常常吹牛，說什麼滿腹經綸，為什麼不將你的經綸從肚子裡挖一點出來，也去換幾張鈔票呢？」

「唉！你哪裡知道，賣文章也不是容易的事，現在文壇上，又在鬧著什麼『正統派』與『鴛鴦蝴蝶派』之爭，有些以『正統派文學家』自居的人，一開口，便攻擊『鴛鴦蝴蝶派』，一提筆，也攻擊『鴛鴦蝴蝶派』，我就為了寫不來那些『煙斗6』『手杖7』的妙文，擠不上『正統派文學家』的陣營中去，於是也給人家看作了『鴛鴦蝴蝶派』的作家，給人家瞧不起，因此我賭咒不寫文章，還是賣賣柴爿的好，雖然現在苦了一點，不過星相之學，卻不可不相信。好太太，你等著吧！將來我一準會交好運。」

「啪！還要太太太太的，真不怕肉麻！我不能空著肚子等你。老實告訴你：東村走單幫的張大，西村做紗布生意發財的李二，他們曾經一封一封地寫了許多情書給我，只要我答應和他們自由戀愛，便不怕沒有飯吃！怎奈你這殺千刀偏偏鎮天鎮晚地纏著我，叫我沒法和他們親近，你這個殺千刀，你拿鏡子去照照看，像你這一副嘴臉，也會交運？你簡直是做夢！」玉天仙跳上蹦下地將朱買臣一頓臭。她滿臉流著汗珠，把那些脂粉溶成了一片；玉天仙立刻變成了一個母夜叉。「我不能再和你這窮鬼同居下去了，明天，我們上城裡去找大律師，我和你離婚，離婚！」

這位雄媳婦朱買臣，他是最怕太太提出這個問題的，第一：他除了這個家，沒處可以存身；雖然他有兩個知己朋友：王安道和楊孝先，只是，他倆和他一樣的窮困，誰也養他不活；第二：再另娶一個像玉天仙這樣嬌媚的摩登女人，即使有，經濟能力也苦於夠不到；為了這兩層原因，他決計以忍耐為上策，硬賴在丈人劉二公家裡，低聲下氣地由他太太打罵。

玉天仙的目的，只是要想把朱買臣逼走，以便琵琶別抱；所以，她在朱買臣沒有回家以前，早已在廚房裡炒了兩碗蝦仁蛋炒飯，填飽了肚子；她把朱買臣罵得七葷八素，然後管自上床睡覺去了。只苦了朱買臣，肚子裡咕嚕嚕地嘶叫著，開了眼睛，一直挨到天亮。

玉天仙酣睡了一夜，她在夢中，仿佛正和西村那個暴發戶舉行結婚典禮，她披著兜紗，捧著鮮花，在悠揚的音樂聲中，一步步地走進禮堂去。鞠躬、蓋印、交換飾物——當然是一隻挺大的鑽戒，套上了她的手指。——一切都完畢了。一會兒，那張結婚證書，立刻變了一幢洋房，一輛汽車，和一個存入項下滿滿地寫著數目字的存摺。她快樂得笑起來了，她說：「我的甜心，你是世界上最可愛的人！」

朱買臣正在轉輾反側地感到非常的悲傷，忽然聽到了這句話，連忙湊上去，在她那小嘴唇上吻了一吻：「我……也……愛你！」

玉天仙張開眼睛一瞧，只見挨在她身邊的，依舊是那個窮漢子，她仿佛把抓在手裡的一顆光彩耀目的玻璃球，掉在地上打碎了，一時又搧動了肝火，隨手左右開弓地在朱買臣的臉上刮了幾下。

「殺千刀，你倒開心！飯沒得吃了，就偷吃老娘的嘴唇膏充饑嗎？快些起來，跟我上律師事務所去，把這個家庭辦一個結束吧！」玉天仙矗起了兩條用鉛筆畫出來的細眉毛，立刻跳下了那張褪了漆的寧式床，逼著朱買臣非即日離婚不可。

人窮志短，朱買臣一向在她積威之下，不敢說一個「不」字，只得穿起衣服，跟著她跑，一直來到那位大律師的法律事務所裡。

「小姐，你有什麼案件委託我？這鄉下老頭兒像是一個種田人，大約是為了田產糾紛，需要法律解決吧？」大律師施展他的交際手腕。

「不！他是種我另一種田的——是我的丈夫，因為他虐待我——大律師是知道的，虐待，足以構成離婚條件之一，我們現在預備離婚，請你證明一下。」玉天仙眼睛一瞟一瞟地，故意在大律師面前賣弄風騷。

「哦！虐待，虐待當然是可以構成離婚條件的！」大律師被她的眼風掃射了幾下，便順著她的口氣說。「可是他怎樣的虐待你呢？」

「譬如：我最心愛的是銀行支票，尤其是整本的支票簿，他卻連支票的紙角兒，從來也沒有拿回一張來過，使我常常因此感到不快活，這是對我心靈上的虐待。還有：他那雙打慣了柴的手，粗糙得像是一把銼刀，他卻偏偏不時地要在我的細皮白肉上摸一下，捏一把，使我受到難堪的痛楚，這是對我肉體上的虐待。……」玉天仙正待再說下去，卻早已給那被美色陶醉了的大律師截斷了話頭：

「哦！這樣的虐待，也許可以成立的；停一會，等我查查六法全書再說。——只是，你預備要求多少贍養費呢？」

「這個……這個我倒不想！……他是一個書呆子，除了哼哼唧唧以外，就只會打柴；他有什麼錢給我做贍養費？——只要能夠還我自由，即使沒有贍養費也行！」

「那麼，我的公費呢？」大律師有些著急。

「這樣吧！索性由你包辦了，好不好？」玉天仙忽然觸動了靈機：「我和他離了婚，立刻便要和一位棉紗老闆結婚，那時候，我們不妨請你做一個證婚人，我叫他重重酬謝你一筆錢就是了！」

大律師點點頭，表示同意。接著，便取出一張印好的公文紙來，一會兒，一揮而就地把那份離婚據辦好了。然後，招招手，把坐在角落裡的朱買臣叫過來：

「喂！姓朱的，你的老婆要和你離婚，我看，像你這樣的窮光蛋，反正也養不活你渾家，不如依了她，減輕一點負擔也好。」

「唉！女人要是變了心，真比走了氣的啤酒還沒有味兒，我留住她幹麼？——不過，在離婚據上，先得鄭重寫明白：雙方永斷葛籐，免得將來我做了官，她再來和我糾纏！」朱買臣氣得臉色鐵青。

「嘻嘻！你……你還要做官，口氣倒不小！」大律師望著他笑起來了，隨手提起筆來，在那張離婚據上添寫了一行小字，然後說：「好！我照你的意思寫上了，你來打一個手印。」

從律師事務所裡出來，朱買臣還想跟她回去，收拾些零碎東西；哪知，玉天仙卻早已跳上一輛黃包車，頭也不回地向集賢莊進發了。待朱買臣趕到家裡時，她早已把大門緊緊地關上，只留著一把柴刀和一條扁擔，丟在門口。她從門裡發話道：「朱買臣，今天晚上，只好委屈你，在『水門汀』大飯店裡打公館的了。這柴刀和扁擔，是你唯一的財產，我不想吞沒你的，你拿了去，就去砍一輩子柴罷！」

朱買臣在這時候，覺得她的聲調，已不像平日那樣像一串銀鈴似的好聽；他且不拾取那柴刀和扁擔，只是唉聲嘆氣地喃喃自語著：「……唉！唉！……人心不古，世道日非，……我縱然單戀著她，也沒有用，但願她從今以後，飛上了國際飯店的十四層樓，不再過那種比大新公司的地下室還低的生活，那麼，我也總算沒有白愛她一場！」

這一天，他再也沒有心緒上山去打柴，決定到城裡借張報紙看看：有沒有招考書記，或是聘請家庭教師的廣告；因為，他到了這山窮水盡的時候，才覺悟到愛情和麵包，是分離不開的，沒有麵包，愛情怎麼能維持永久？為了所受的刺激太深了，他竟放棄了那星相家的預言，不等五十歲到來，就想打開一條出路。

所認為遺憾的，卻是他對於城裡的環境太陌生了，他跑了半天，不但找不到一個熟人，給他介紹一個最清苦的小學教師，暫時糊糊口，甚至連備一副筆墨，讓他在那郵政局門口擺一個代寫信件的攤子的希望也不能實現。幸虧，他福至心靈，一邊在跑路，一邊卻在地上留心著，終於在一所學校門口，給他發現了一個短短的粉筆頭。筆，不論什麼筆，當然是文丐們唯一的武器；朱買臣有了它，仿佛是一架機器上接通了電流，他頓時便活動起來；在馬路旁邊，選定了一塊乾淨的人行道，應用他幾十年來所學得的一些古文調子，抓緊了那個粉筆頭，竟在水門汀上，做了一篇洋洋灑灑的大文章，嘗試起「告地狀」的生活來。

果然，朱買臣的運氣來了。

恰巧這時候，漢武帝為了渴求賢士，派了大司徒嚴助，到各處去尋訪。這一天，那位大司徒剛到了會稽城外，便有全城的長官和軍警們，把他簇擁著接進了城。嚴助是個老花眼，他端坐在一輛流線型的汽車裡，愈遠愈看的分明，他一眼瞥見人行道上的朱買臣，寫得一手清秀的工楷，便立刻吩咐停車，親自走到馬路邊，打算向他問個明白。

「哦！朱買臣，——朱買臣就是你嗎？」嚴大司徒看看那些粉筆字，向著那垂頭蹲在旁邊的告地狀者問。

「是的，我就是！」朱買臣恭敬地回答。

「你既然是個落魄的讀書人，這篇地狀，可是你自己撰的？」嚴大司徒又問。

「回大人的話，這確是鄙人所作，並非抄襲。」朱買臣知道此人來頭不小，格外小心地回答。

「文章倒做得不錯！」嚴大司徒搖頭擺腦地重行讀起那篇地狀來。「你在這上面說，曾經做過一篇〈富國策〉，可以給我看看嗎？」

「應當呈政！」朱買臣迂腐騰騰地，忙從破衣袋裡，掏出一本髒而且皺的小冊子來：「這是我花了不少的心血才寫成的！」

「富國，你自己這樣的貧窮，為什麼不先富了你的家呢？哈哈哈！」嚴大司徒向他打趣著。

朱買臣紅著臉，一時愣著說不出話。

「嗯！我大略已經翻了翻，其中倒不無可取的地方。」嚴大司徒藏了那本小冊子，動問朱買臣：「國家很需要人才，就是告地狀的也不能算出身卑微，我打算舉薦你一下，你跟我上京去走一遭，可願意嗎？」

「這是大人的恩典，小的求之不得，哪還有不願意之理。」朱買臣立刻顯出感激涕零的樣子。

第二天，嚴大司徒仿佛任務已畢，買了些會稽的土產：——三十年陳的善釀酒，臭腐乳，霉乾菜，桂花琴糕……帶著那個告地狀的朱買臣，回京覆命去了。

這件事，早已轟動了全個會稽城，漸漸地傳到了集賢莊附近。那玉天仙得到了這個消息，只怕朱買臣一朝得勢，對於自己發生什麼不利，因此連忙和她那個暴發戶的後任丈夫，籌商對策。

「你別疑神疑鬼了，像朱買臣那樣的起碼書呆子，連正統文學也寫不出，還能做什麼官？」暴發戶驕傲地嘲笑著：「一定是他寫了些什麼反動文字，給嚴大司徒知道了，將他帶進京裡，請他吃官司去了。」

玉天仙給他這樣一說，總算暫時安了心；一般人也漸漸地把朱買臣遺忘了。

日子過得飛一般的快，到了第二年的秋天，那張越鐸日報上，忽然刊出了一條專電：

「奉上諭：會稽太守出缺，著朱買臣補授。欽此！」

跟著來的傳說是：太守公署裡已經在辦理移交手續，……本城的官紳，準備歡迎朱太守，正在蓋造挺神氣的柏葉牌樓，……朱太守南下，將從杭州渡江……。

幾天以後，傳說給眼前的事實證明了，在人行道上告過地狀的朱買臣，居然率領了他的隨從人員，和全部衛隊，浩浩蕩蕩進了會稽城。

朱買臣的好朋友王安道和楊孝先，一個在城裡賣柴，一個在城裡賣魚，早一天，就聽到了那些街談巷議。他們回到了集賢莊，就一同去找尋玉天仙，把這段新聞，原原本本地報告了她。

「有這樣的事？那麼，我們都在他的管轄之下了。安道伯伯，孝先伯伯，以前我曾經得罪過他，你們瞧起來，他會向我報復不會？」玉天仙的臉上，不由露出了驚慌的顏色。

「不會的，我想買臣不是這樣氣量偏狹的人。」王安道首先替朱買臣辯護。

「其實，我當初和他離婚，的確是因為看他太頹廢了，太沒有上進的心了，所以故意激發他一下，讓他可以向外面去發展；現在他果然做了官，這當然還是我的功勞！」玉天仙把滿臉驚慌，霎時變了驕傲。

「你既然因為要激發他才離婚的，那麼，盡可以在家裡守候著他，為什麼又要再蘸給那個暴發戶呢？」楊孝先從旁駁斥她。

「我不過利用他一下罷了。你們想，這一年來，我的衣食住三項，哪一樣不是靠著那個暴發戶供給，他替買臣長時期地養著老婆，他的功勞也不小啊！」玉天仙作著狡辯。

「既然這樣，那麼明天你自己去向朱買臣表功吧！」楊孝先不願和她多嚕蘇，跟著王安道走了。

當全城官紳熱烈地迎接朱太守的那天，玉天仙又預先和那個暴發戶離了婚，也在附近一帶守候著。她看見朱買臣的汽車緩緩地開來，便來不及地趕上前去，在三四尺路以外，就送了一個飛吻給他。

「Hello！我的買臣，你回來了！你這一去，就耽擱了一年多，叫我在家裡想得你好苦呀！」

朱買臣裝做沒有聽見似的，摸著嘴唇上的那撮小胡髭，跨下汽車，和各方面的代表握手相見。

「哈哈！買臣，你現在真的做了官了，我早已料到，你是不會永遠貧賤的呀！……」玉天仙擠上前去插嘴。

「這是什麼人？在這裡吵吵嚷嚷的？」朱買臣問他的衛隊長。

「呔！你是什麼人？在這裡吵什麼？」衛隊長抽動他手裡的馬鞭子。

「我是朱太守的太太，你們怎麼不認識我？」

衛隊長回轉身去，把皮靴後跟拍的碰了一下：「報告長官，她說是長官的太太！」

「賤胎！娘東實殺！你難道不知道，Miss Marry 還沒有答應和我訂婚，哪兒來的太太！」朱太守在急切之間，不知不覺地說出紹興土話來了。

「口哀！買臣，我和你做過多少年夫妻，怎麼你做了官，就不認識我了？唉，你真好狠心！」玉天仙故意拿出一塊痲紗手帕來揩拭著眼淚。

「你自己去瞧，這是什麼東西？」朱買臣從身邊掏出那張律師證明的離婚據來。

「這撈什子的筆據，不過是隨便寫寫的，當不得真。你只要答應收留我回去，明天在報上登一條小廣告，聲明把它作了廢，不是就完事了嗎？」玉天仙還是那麼地能言善語。

「哦！有這樣的容易？」買臣回頭對那個衛隊長說：「王得勝，你給我去提一桶水來！」

「是！是！是！」王得勝跑著快步，去了一會兒，真的便提著一桶自來水來：「報告長官，自來水來了！」同時，又立了一個正。

「潑在馬路上！」

王得勝照著他長官的命令做了。

「喂！姓劉的女人，你有本領把這馬路上的水收起來嗎？要是辦得到，我就帶你回去。否則，我們的情義，就像這桶自來水一樣了！」朱買臣繼續和那些官紳們酬酢著，不再理睬玉天仙。

玉天仙知道無望，又使起她的潑辣脾氣來：

「哼哼！別神氣！你這無聊文人，鴛鴦蝴蝶派，眼看著快要沒落了，稀什麼罕！你等著，讓我去運動一個正統派的詩人，叫他天天在報上罵你，替我出出這口鳥氣！」

說完，便扭動著水蛇似的腰肢，學著小旦似的臺步，訕訕地走了。

（《春秋》第三期，一九四三年十月十五日，署名「白悠」）

同窗之戀

善權山上的那個槐樹叢裡，正有三五頭歸鴉哇哇地叫噪著，同時，那個善權大學裡，也發出一陣喧嘩的聲音來；因為，這是他們散學的時候了，那批年青活潑的學生們，拘束了這麼一整天，聽到了散學的鐘聲，便如一群不羈之馬，大家跳跳躍躍地，有的趕到運動場上去舒散筋骨；有的跑進校園裡去呼吸新鮮空氣……更有邀三朋四友，到學校的附近的小咖啡館中去閒談的——原來在東晉時候，一般士大夫都崇尚著清淡，這風氣，漸漸地竟傳染到了青年的學生群中了。

暮色籠罩在學校園的一角，在那張綠漆的休息椅上，正有兩位俊秀的學友，坐在那裡；他們抬起了頭，欣賞著天空飛著的兩朵白雲。停了好一會，那個年紀較輕，個子較矮小的，才回過臉來，打破了這沉寂的空氣：

「山伯，記得三年前的這個時候，我們剛在曹娥江邊的火車站上相會，想不到竟一路同到這裡，做了同學。在這三年中，不論智育、德育、體育、美育方面，我都受到你的指導，心裡真有說不出的感激；只是，前幾天，家父接連來了好幾封信，要我輟了學，回家去，我不是已經告訴過你！哪知，今天他又打了電報來催促，這一來，我是不得不走了。不過，這次一分別，我們不知要到什麼時候，才得再見呢！」

「英臺，我是早已料到，你父親的命令是不能違背的，自然，我們只得暫時分別了！可是，你也不必悲傷，在這樣的一個環境中，讀書，本來也沒有什麼意思，有機會回家去休息休息，未始不是好事！」那個年長的學生梁山伯，這樣勸慰著他。

「山伯，實在的，我也覺得現在一般人們——連我們的老師們也在內，——不是天天跑舞場，上俱樂部，一齊向墮落的路上走，就是拼命地研究著老莊的學說，滿口嚷著清淨無為的玄理，把一切現實都排除了，的確不是好現象，可是，大勢所趨，我們做學生的，有什麼力量去糾正他們？所以，我這次回去，離開了這個崇尚清淡的學府，倒可以繼續在科學方面，多多地致力了。你，我希望你，也得從早替自己打算一下啊！」那個小個子，叫做祝英臺的，說話中飽含著感慨。

「是的，幸虧在這政治系中，我的學分快要讀完了，我想騙到了一頂方帽子，將來到社會上去比較總容易找到一個噉飯處，那時候，吃飽了肚子，自然可以多做些有益於人的工作了！」梁山伯倒是十分樂觀的，「英臺，好在我的家鄉，就是出產好老酒的紹興，和你們上虞離得並不遠，以後有機會，我一定會來拜訪你的！」

「唉，我自己也不明白，到底為了什麼，這半年來，和你多接近一些，好像連一分鐘也離不開似的，以後回到家裡，冷清清的，叫我怎樣地過日子呢？」祝英臺不覺有些泫然。

「哈哈哈，難怪別人都說我們發生了同性戀愛了！不瞞你說，我就是在每夜做夢，也老是和你在一塊兒的，我哪裡便和你分離得開！我想，這也許真的就是戀愛了吧，可惜，你不是一個女子！」梁山伯的身體不自知地和祝英臺靠緊了一些，「啊啊，英臺，不過，你要是化一下妝，拍進了法國的電影裡，簡直就是那位黛妮兒杜麗絲了！」

「山伯，你怎麼也是這樣侮辱我！別的同學，他們盡是油腔滑調地，拿著那個Handsomer來給我做了綽號。你，你是我最知己的朋友，似乎不應該對我這樣啊！」梁山伯從來沒有看見過祝英臺，是這樣紅著臉說話的。

「Excuse me！我是鬧著玩的，別生氣，以後不再這樣了。」梁山伯誠懇地道歉。

不知從哪裡飛過一個小蟲兒來，齊巧落在祝英臺的頭上，他不覺嚇了一跳，立刻從休息椅上站了起來。梁山伯瞧了瞧手表，也跟著站起來，沿著那條水門汀的小徑，肩並肩地躑躅著。

忽然，祝英臺瞧見了一些什麼了，他蹲下身去，順手摘下了一朵 Not forget me 的小花，給梁山伯插在衣襟上了。

「啊，英臺，你老是歡喜幹這一手！這種把戲，大都是娘兒們玩的；在歐美小說裡，也常常有得讀到過。——哈哈，你不怕同學們再說閒話嗎？」梁山伯取笑著。

「我不怕！只要你不和他們一般見識，隨他們說同性戀愛也好，異性戀愛也罷，反正，明天我就要離開這裡了！」祝英臺坦然地把他預定的計畫說了出來。

「真的嗎？你真的明天就要走了？」梁山伯有些詫異。

「自然！」祝英臺從身邊掏出一張預先買好的黑市火車票來，「你瞧，這是什麼？」

「是早車？」

「是的！」

「那麼，我得先向教務處去請假，明天準定要上車站去送你的行！」梁山伯突然又把話鋒轉了開去，「不錯，你前天在卡爾生拍的那張二寸美術照片，我覺得可愛極了，可以送一張給我做紀念嗎？」

「不必你費心，我早已預備在這裡！」祝英臺隨手從衣袋掏出一張小照片，笑嘻嘻地遞給了梁山伯。

「三年，在三年悠長的歲月，
我們的情感也不斷地在增進。
雞鳴風雨，
誰能忘了聯床共話的情景？
驀地，驀地唱起了離別之歌，
使我的心弦也在共鳴。
去了，去了，
人不見，心相印，
留給你這幀小影，

算做長毋相忘的憑證！

山伯學長惠存！學弟祝英臺敬贈。」

「啊，好詩，好詩！英臺，你這首詩，畢竟比洋詩人的作品，容易懂些！」梁山伯瞧著那張照片上題的白話詩，隨口念了一遍，這樣稱讚著，「好的，我應該把它珍藏起來，作為將來再見時的對證古本罷！」

一陣晚餐的鐘聲，噹噹地從校舍裡飛了出來，他們才離開了校園，踅進膳廳裡去。

第二天一早，那青年倜儻的祝英臺，便在嗚嗚的汽笛聲中，被火車帶走了。他到了上海，轉換輪船直達寧波，再趁甬曹段火車，到百官，然後趁民船回到他的故鄉上虞。

從此，他倆便分開在兩個地方了。雖然靠著郵差們的功德，常常把雙方的消息，互相傳遞著。可是，紙上的文章，哪裡比得上面對面晤談那麼的真切！而且，這樣僅僅通了幾個月的信，忽然，山伯的去信，一封封的全退了回來；上面卻由郵局加了一個簽條，標明：「查無此人，故退！」的幾個簡單的鉛筆字。最後，他甚至打了電報去問，結果，還不是同樣地退了回來，因此，他才絕了望。

又是一年很快地過去，山伯已經把他所有的學分都讀完了。由於他提出的那篇精心結撰的畢業論文，中了幾位老教授的意，一個 B. A. 的頭銜，居然輕輕地加在他的名字下面了。他高高興興地離開了母校，循著祝英臺所走過的同一條路線，預備回紹興去。真的，在他面前擺著的，仿佛全是希望，希望。

火車到了曹娥江邊的百官鎮，山伯便來不及地跳下了月臺，雇了一隻小船，向著上虞城中進發。

好容易，才找著了門口貼著一張紅紙條子的「祝寓」。從那古老得暮氣沉沉的門牆上看去，就知道這是一家守舊的世家，山伯暗想：如果那天真活潑的祝英臺，真是住在這屋子裡，實在有些不大相稱，但是，他對了對門牌號碼，卻完全是不錯的，他只得無可奈何地舉起手來，碰了碰那個白銅的門環。

「是誰呀？」門裡邊有人在問。

「是我！」梁山伯的回答。

這一問一答，其實是多餘的；因為，門外剛說出一個「我」字，那扇黑漆大門已開了開來。

「請問一聲：這裡有一位祝英臺少爺，可在家嗎？」梁山伯脫下帽子，很有禮貌地。

「你纏錯了吧！這裡只有一位祝英臺小姐，哪裡來的少爺！」那個司閽的老人回答。

「咦，真奇怪！我和他同學三年，明明是一位英俊的哥兒，怎麼一年不見，便變成了一位Miss了？我不信，我不信！」梁山伯自言自語地發著怔，「喂，老公公，不管他先生或是小姐，我只要找一個名叫祝英臺的就是了，你給我通報一聲好不好？」

「先生，你一定不知道我們老爺那種古板的脾氣罷！——前幾年，他在外邊做官，我們小姐便自說自話地瞞著他，考進了宜興善權山的那個善權大學。後來不知怎樣被他知道了，他便辭了差事趕回來，快信呀，電報呀，硬把她逼回了家，甚至連和同學們通信的權利，也被剝奪了！……像我，雖然也上了年紀，但是，總覺得他那種十七八世紀的頭腦，有些行不通了。先生，你說是不是？」那司閽老人滔滔地述說了這段獨白，最後，才回復在本題上來，「所以，先生，你要見她，是萬萬不可能的！」

「那麼……」梁山伯忙從皮夾子裡掏出了幾張鈔票，「這一點點，給你買包香煙！你要是有機會，可不可以給我帶個信，只說有一個姓梁的，剛從善權大學畢業回來，現在住在娥江大旅社裡！」

「那有什麼不可以！不過，我們小姐是不容易出門的，也許不會就來瞧你先生，可別怪我！——哦，機會倒有一個在這裡，是後天吧，那個國貨商場裡，要舉行一次毛冷織物展覽會，並且有一位馮女士在場指導，我想，小姐倒可以借此因頭出門的！」司閽老人得人錢財，當然會替人消災。

「勞駕，勞駕，一準就這樣辦！」梁山伯掏出一張小卡片給他，「你也許記不明白！喏，這是我的名片，請你帶給小姐罷！」

梁山伯忐忑地回到了旅社裡。過了一天，剛吃過早餐，他噙著一支香煙，靠在窗口納悶，忽然那個茶房全福走進來報告：「外邊有一位姓祝的小姐要瞧您！」

梁山伯興奮得什麼似的，一疊連聲地喊著：「請，請，請！」

房門開處，跟著就走進一位臉搽三花粉，唇塗濃口紅的摩登葛兒。

「啊，是英臺嗎？我真料不到，你會打扮得這般模樣！哈哈哈，我記得，在我們學校的十周年紀念中，你曾經串演過一出話劇，那個女主角的妝飾，似乎和現在的你完全一模一樣！……」梁山伯嘻皮笑臉地。

「山伯，別假癡假呆了，你既然已經知道了我的底細，何必再這樣取笑我？」祝英臺紅著臉，靦腆地挨到那張絲絨沙發上，坐了下來。

「啊啊，英臺，你可記得，臨別時送給我那張照片上的題詞嗎？——人不見，心相印；……你是不是一直把我印在心上的？」梁山伯被她身上的一陣「夜巴黎」香氣，刺激得有些醉醺醺。

「怎麼不！可是，你得原諒我，我生長在這個專制的家庭裡，一點也得不到自由！……」祝英臺的眼睛裡有些水汪汪。

「別傷心了！好在，我們現在已經見了面……英臺，只要你肯答應我……」梁山伯竟老著臉皮，撲的一聲，跪倒在祝英臺的面前。

「噯噯，山伯，……你，這算什麼？實在的，這一套『跪在愛人面前求婚』的把戲，只是從前文明戲裡的噱頭，我是挺不歡喜瞧的，請你不要再演下去好不好？」祝英臺把對方從地板上拉了起來。

「這樣說來，英臺，你是不肯答應我了！好，好，讓我就去跳在娥江裡自殺了吧！」這是梁山伯的要脅。

「真好笑，想不到你這個頂著B. A.頭銜的知識份子，也會學那些庸人俗子的技術！老實告訴你：我從善權山回到家裡，爸爸早已把我的終身問題解決了——和一位姓馬的阿拉同鄉訂了婚。可是，我的肉體雖然屬了別人，我的精神卻永遠傾向於你的。我以為肉體的愛，只是一種獸欲，精神的戀愛，才是高尚的真愛，山伯，我們不要像世俗一般的，一定在卿卿我我的相偎相倚，我們只要永遠能夠心心相印，這勝利也就屬於我們的了……」祝英臺無可奈何地安慰著梁山伯。

「這可算是勝利嗎？這不過是『阿Q式』的勝利！比方說，我餓了好幾天的肚子，好容易得到了一客豐富的大菜，當然饞涎欲滴地恨不得立刻把它裝進嘴裡去，難道自己不吃，反而送到別人嘴邊去，卻可以算是精神勝利嗎？你這種學說，只是騙騙傻子罷了，我不來上你的當！」梁山伯的身體站得筆挺，侃侃地說著，好像正在演說臺上發表他的政見。

「你，你怎麼這樣的不能饒恕我！我的心，永遠是屬於你的，只是，不能為了你的心，卻傷了爸爸的心啊！」祝英臺不住地絞弄著那塊小手帕，眼睛裡撲簌簌地不住滴著淚珠。

「唉，像你這樣一個受過高等教育的摩登女子，腦筋卻是這樣的陳舊！婚姻，關係你一生的幸福，為什麼自己不趁早奮鬥一下？——你難道沒有聽到過，近年來為了不滿意於舊式婚姻，實行逃婚的，是多麼地普遍；像那女作家謝冰瑩，就是其中的一個。否則，照你的意思這樣遷延下去，將來必定會演成三角式的喜劇，那才痛苦呢！英臺，你是聰明人，你不能學著他們，依樣畫一個葫蘆嗎？」梁山伯瞪住了祝小姐，急於盼待她的回答。

「這⋯⋯這⋯⋯，你得知道，在這寧紹一帶，我的爸爸是有著絕大的潛勢力的，我們要想逃，逃到哪裡去？」祝英臺把梁山伯的希望之門，完全關閉了，「總之，我決不負你！我也不是一個貪生怕死的女孩子，不過，這時候，還不是絕對沒有辦法，應該犧牲的時候，以後的事，你慢慢地瞧著就是了！——我在這裡耽擱得太久了，我要走了，再會吧！」她臨出門的當兒，還回轉頭來，給了他一個飛吻。

梁山伯像給強烈的酒精麻醉了似的，癱瘓在那張沙發上，站也站不起來。直到這天下午，他才勉強地掙扎著，渡過了曹娥江，回到他的故鄉——紹興去。

家庭裡所有的是父母的慈愛，弟兄姐妹們的友愛，他雖然得不到兩性的戀愛，暫時卻在這溫暖的天倫之愛中，消磨了相當的時日。而且，不久，仗著他在校時的學業優異，由省長保薦他充任了鄞縣縣長。這在山伯的生命史，是值得大書特書的一頁，但是，他捧著那張委任狀，走馬上任的時候，心裡還不是橫梗著那件婚姻失敗的事，不能消失。

在這位青年縣長的耳邊，除了幾個漂亮的紅花瓶以外，更不知道有多少妖嬈闊綽的 Miss 們，在追求著他，山伯卻好像是不聞不見一般，對她們總是若即若離地沒有一點熱情流露出來。因此，他治下的老百姓，都說：「柴話！阿拉縣長真犯關，莫非是一個雌孵雄？」

山伯在這種苦悶的生活中，不因物質享受的豐富，變換他的環境，他漸漸地積愁成疾，一直病了好幾個月；經過多少中西醫的診斷，終於宣告了絕望。在一個淒風苦雨的晚上，這位梁縣長便離開了這個擾攘的世界，離開了他永遠占據在心坎裡的愛人。

民眾們為了他曾經替他們增進了許多福利，誰也不能忘記了這位好縣長，大家主張實行公葬，就在鄞縣城外，給他建立了一個墳墓。

那個被軟禁在家庭裡的祝小姐，她連報紙也看不到一張，對於梁山伯的生榮死哀，自然是絕對不會知道的。她一切都憑著命運，由她的父母替她安排著，她眼看著父母替她做嫁衣，定木器，打首飾，——足足忙了半年多，直到那印著一個泥金雙喜字的紅請帖，預備齊全，她也不得不實行她的主張了——她的主張是：

「不違父母之命，不負戀人之愛。」

她要不違父母之命，自然只有和那個從來沒有見面過的馬先生，完成那件形式上的婚事；她要不負戀人之愛，她採取了一條消極的路，決心來一次大犧牲；雖然，她是曾經勸阻過梁山伯自殺的；但是，到了最後關頭，她也只能做一次庸人俗子了。——她的武器是一瓶來沙爾。

送新娘的那艘四明瓦的烏篷船，一里兩里慢慢地前進；到了離鄞縣城十多里路地方，那馬家卻已經準備了車輛和樂隊，在那裡迎接著。祝英臺在眾人的支配下，從烏篷船裡上了岸，換乘了那輛乾宅派來的紮彩汽車。

嗚嗚嗚的一陣喇叭聲，那汽車早已開到城西了。祝英臺從車窗裡望出去，只看見那馬路旁邊，有一座新建造的白石墳墓，似乎比較其餘許多來得富麗堂皇。她閒閒地向旁邊伴著的女儐相這樣問了一句：

「這是誰家的墳墓？建築得這樣偉大壯麗！」

「是前任梁縣長的墳墓。他本是紹興人，因為老百姓懷念他的政績，所以特地公葬在這裡的！……」女儐相李小姐解釋給她聽。
「哦，梁縣長，紹興人！他的名字，可是叫做梁山伯？」祝英臺忍不住地要打聽一個明白。
「是的，剛才我望見那墓碑上，彷彿正有山伯兩個字！」另一個儐相張小姐，也來證明一下。
「啊，我覺得這建築物太偉大了，可不可以讓我下車去參觀一下？——喂，司機的，勞你的駕，把車子停一下吧！」祝英臺親自吩咐那個車夫。
車夫立刻遵從新娘的命令，把煞車一扳，那汽車便在路旁停了下來。祝英臺穿著那白緞子的禮服，披著那幅很長的白紗，手捧鮮花嫋嫋婷婷地從車上走了下來，一逕向那白石墳墓走去。
「哦，『故鄞縣縣長梁公山伯之墓』！」她把墓碑上的字念了一遍，「啊，真是山伯的埋身之所，我羨慕你，你倒有了這麼一個歸宿之處了！」
她漸走漸近，一會兒，便站在那張祭桌前面了：「山伯，我並沒有辜負你，我雖然不能和你生前同蓋一條鴨絨被，也許，倒可以做到死後同睡在一個水門汀的墓穴裡吧！山伯，你等我一等，我立刻要趕上來了！」祝英臺流著眼淚，一邊喃喃地禱祝著，一邊早已從身邊掏出那個來沙爾瓶子，湊在嘴上，咕嘟咕嘟地喝了下去。

「啊，不對，你們瞧，新娘在那裡喝什麼東西！」儐相李小姐，首先瞧見了這異樣的動作。

「快，把她的瓶子奪下來吧！」大家一齊趕到祭桌前面去。

可是，祝英臺已經把那玻璃瓶拋在草堆裡，同時，她的身體也像一株玉樹一般的倒在地上了，「我們……一同……總休息……吧！……哈哈！……」她的臉色慘白得和她那身白緞子的禮服，一模一樣。

眾人雖然忙亂著，還想施行急救法，可是，有什麼用！

這一雙同命鴛鴦，據說後來便變成了兩隻蝴蝶，常常在園庭中翩翩地飛著：一隻黑色的，就是梁山伯；一隻黃色的，卻是祝英臺。

有人要追問鴛蝴派的祖師是誰？——也許就是這對戀人！

三十二・十・十五，於姁姁廬。

（《小說月報》第卅八期，一九四三年十一月十五日，署名「白悠」）

榮歸

我苦貧時亦不妨，時來頑鐵也生光，
瓦爿尚有翻身日，烈烈轟轟做一場。
——繆良集杭諺竹枝詞

洛陽市上刮著虎吼似的西北風，人行道上堆滿了蕭蕭的落葉；有一個年青人，正踏著落葉，低著頭，慢慢地走著，他是到秦惠王那裡去遊說，剛碰了壁回來的蘇秦。

他身上穿著的，雖然在名義應當叫它黑貂裘，——那還是動身的時候，趙肅侯送給他壯行色的——但是，現在已經脫了毛，破爛得一爿一爿的，不像一件衣服了。他，由於長時期地餓著肚子，形容非常枯槁；由於一路上的櫛風沐雨，皮膚黑得像一個Megro。他肩頭挑著一捆破書，腿上打著綁腿布，腳上穿著草鞋，完全像是一個小販子。

他一路走，一路想：自己當初在鬼谷先生那裡學習縱橫的學術，曾經怎麼下過一番苦功！本來，原打算畢業以後，到社會上去好好地做一番事業的，不料，第一次出馬，就被那老奸巨猾的秦惠王，當面加以嘲笑，說什麼「毛羽未豐，不可以高蜚……」的話。他卻耐著心，並不發惱，仍舊一次二次，……的上意見書給他，結果，卻還是換得他一個不瞅不睬。

他在秦國，起初有趙肅侯資助他的黃金百鎰，所以派頭相當地偉大，居然住在那國際大飯店裡，過起政客的生活來。可是，漸漸地，黃金是已經消耗了一大半，最後，他只得搬到一家小旅館裡去暫時寄宿；等著，等著，直到他在秦國完全絕望的時候，便不得不步行回家去。可是，他的口袋裡，已經連一個小錢也沒有了。

好容易，蘇秦是踉踉蹌蹌地進了洛陽城，漸漸地走到了市中心區。他眼看著馬路上一輛輛汽車裡，坐著那些紳士型的男子，嘴裡噴著雪茄，鼻上架著克羅克司，他們的臂彎裡，十九都挾著一個亂髮蓬鬆，嘴唇猩紅的女子，不覺便加倍地懊喪起來，他想：這一次出去遊說，要是得到勝利回來，那麼，今天在洛陽市上的蘇季子，不也是同樣可以挾著一個摩登女朋友，趾高氣揚地出來蹓躂一會嗎？

到底，「飲食男女」四個字，「飲食」在前，「男女」在後，因此，蘇秦正在豔羨著那些男女的時候，突然被一家菜館裡飄揚出來的一陣牛排香味和Whisky的氣息所迷惑住了。立刻，他的肚子裡咕咕地叫得更響了，他嘴裡的饞涎也大量地分泌了出來。

他幾次想闖進去，向他們討些殘羹冷炙來果腹，轉念一想，他覺得自己將來一定有做高官的分兒的，怎麼可以失了身分，留一個話柄給別人呢！他逡巡著，唯有逃避似的踅到另一條馬路上去。

這裡雖然沒有大菜館，可是，在這中午時分，馬路旁邊那些飯攤和麵攤，卻正是生意興隆的時候，那些血湯啊、鹽肉燒豆腐啊、肉骨頭黃豆湯啊，……也很有力量地把一個饑餓的蛔蟲勾引出來。

蘇秦實在有些忍耐不住了，他把挑著的那擔破書，從肩上卸了下來，隨手抽出幾本，開始和那個大腹便便的飯攤老闆辦交涉。

「喂，老闆，我把這幾本心愛的古版書押在這裡，讓我在你攤子上吃一頓飯，好不好？」蘇秦將幾本紙色泛得老黃的線裝書，塞到那飯攤老闆的面前去。

「別打棚了，在這生意正忙的時候！」飯攤老闆白了他一眼。

「不，並不是和你打棚！你以為我捨不得這幾本書嗎？在這肚子餓得慌的當兒，我也顧不得這些珍本了，只要你留神替我保存著，別把那些油鹽醬醋沾染上去就是了！」蘇秦諄諄地囑咐著。

「去，去，去，癟三，誰要你這幾本破書！這種霉爛了的連史紙，頂不經用，換了道林紙或是白報紙印的，倒還可以包包花生米，五香豆什麼的！……這些，值什麼錢，去，去，去！」飯攤老闆隨手把那幾本破書，向地上一丟。

蘇秦氣得腦門裡幾乎冒出火來，他從地上拾起那幾本破書，喃喃地咒咀著，只得暫時束緊了褲帶，挑起那書擔子，再向前趕路。

轉了一個彎，走到一家大公司門前，齊巧有副包飯擔子，從裡面挑出來。一群等候在附近的小癟三，看準了擔子上的幾隻飯桶和菜碗，大家便一擁上前，攔住了他的去路。一霎時，爭先恐後地一齊動手，各自把搶到的殘羹冷飯，向自己帶著的洋鐵罐子裡倒去。

這些，雖然比不上高貴菜館裡的美饌，可是，在饑餓線上的人們，卻把他看得像山珍海味那麼的可口了。蘇秦，他連飯攤上的一碗血湯也嘗不到，他那轆轆的饑腸，便指使著他，要他也不妨去搶一些來暫時應應急。等到蘇秦邁開大步，剛趕到那副擔子旁邊，不料，那些癟三們，不知怎樣一個不留神，竟把擔子上的一隻紅花大碗，打落在地上，而且砸得粉碎了。癟三們早已帶著他們的擄獲物，一哄而散，只有他，挑著那副笨重的書擔子，逃也逃不了；因此，被那包飯作夥計所抓住，就只有他一個。於是那個絡腮鬍髭的夥計，不問情由，對準他的脊梁上打了一拳。

「死癟三，你們把碗打碎，卻連累了我！你說，該怎樣了結這件事？」一邊罵，一邊踢了蘇秦一腳。

「我，我又不是癟三，碗也不是我打碎的……」蘇秦急切地這樣申辯。

「你還要賴！我知道你是賠不起的，老實還是讓我捶幾下，出出氣吧！」真的，那夥計又伸出拳頭，繼續地在他身上打了幾下。最後，才用力把他一推，「滾罷，以後不准再搶東西！」

「唉，唉，一個倒運的人，偏是處處都會觸霉頭的，算了，算了！『留得青山在，不怕沒柴燒』，我又何必和這些小人一般見識！」蘇秦學著阿Q般的自慰。

他像一匹受了傷的狗，終於走到自家門口了。他舉起了無力的拳頭，向著那扇裂了縫的破板門上敲了幾下。

「是誰呀！」他聽得出是那個白相人二房東的口音。

「請你開開門，是我，是蘇季子回來了！」蘇秦低聲下氣地。門開了，當他一腳踏進的當兒，那個白相人首先向他上上下下打量著，同時還扁了扁嘴。

「哦，蘇老二，你這幾個月來，在外面幹些什麼？可曾到城南俱樂部裡去？很得意吧！」

「託福，託福！長久不見了，你好！」蘇秦敷衍著，急匆匆地挑著那副擔子，跨上了樓梯。

前樓是他父母的寢室，也是一家人的起居室，他把擔子在那裡息下，就和父母兄嫂叫應了一聲。大家只把眼光向他身上亂射，卻沒有一個人去理睬他。視窗，那架破舊的勝家縫衣機邊，坐著他的妻子，她正在替衖口那家鞋子店裡踏著鞋幫，只回過頭來，向他瞟了一眼，連站也沒有站起來。

蘇秦在外面，一直受著別人的奚落；以為一回到溫暖的家裡，一定可以得到一些安慰了，不料，自己的父母兄嫂，連自己的妻子，所給予他的，卻全是像裘司開登一般的一張冷面孔。他一陣傷心，幾乎掉下兩滴眼淚來。

他饑餓得實在忍不住了，他想老著臉皮，向他們乞討一些食物來充實肚子，話還沒有說出口，他的嫂子像看透了他的心思似的，已經在那裡發話了！

「叔叔，我們現在吃的是戶口米和戶口麵粉，一個人一份，還不夠一個人吃；你如果肚子餓了，還得自己想辦法啊！」

「他，他從前曾經誇下海口；一出去，就可以做官，現在不知道做了什麼筆套管回來了。他有錢，他自然會想法買來吃的……」冷冷地，他妻子的話，更是刺痛了他的心。

「做官，誰見過做官的人，穿得這樣破破爛爛的？要是這樣的人也會做官，那麼，馬路上那些裹著一塊破叉袋皮，在那裡喊著『餓煞哉！』的全是特任官簡任官了！」連他的母親也這樣諷刺著。

「我早已說過：季子應該跟我們本地人一樣，或是經商，或是做工，至少總有一口飯吃。——那些囤貨朋友，投機商人，不要去說他，就是非正式的走走單幫，也能吃油著綢地過著快樂的日子。至於做工，就是一個低微的掃青碼子，也都是西裝筆挺的。可是，季子卻始終不肯聽我的話，偏偏要去學那些『縱』啊，『橫』啊，想憑著『空口白舌』去換飯吃，現在，結果怎樣？」這是他大哥的意見。

「學種學耕，倒也不必去管他了，最奇怪的，為什麼一定要去拜那個鬼谷子做老師？你想，鬼是多麼的可怕，不論短命鬼，討債鬼，倒運鬼，混帳鬼……你只要一碰著他們，准沒有命！叔叔，你自己尋上他的門裡去，難怪也變成一個窮鬼了！」他嫂子又給她丈夫補充了幾句。

「唉！唉！」一壁是他那鬚髮如銀的老父在嘆氣。

蘇秦在這樣一個環境裡，委實是一刻也不能停留下來的；他只得餓著肚皮，把帶回來的一捆破書，搬到那間從前曾經作為自己臥室的三層擱裡去。

這間小小的屋子，是挖開了屋頂，硬搭出來的；四周的薄板壁上，雖然塗著一層石灰，可是，西北風一陣陣吹來，使得住在裡面的人，身體會不自知地顫抖起來。不過，在蘇秦的感覺上，已經比那間前樓溫暖得多了：那一堆堆的，他所遺留在那裡的關於縱橫術的破書，仿佛全是他的故友一般，他重又開始和他們親熱起來。

他翻翻這本，翻翻那本，肚子依舊在咕咕地叫著；他卻連白開水也沒有一滴到嘴過。一直挨到隔壁那架自鳴鐘上地打過了六下，那書上的字跡也有些模糊了，他知道已經是黃昏時候；畢竟還是他的老父有著一些憐憫他的心，才偷偷地送上幾個煨山薯去給他點點饑。可是，他的臉依舊是十分嚴肅的，並且，也沒有和他說一句話。

蘇秦等到父親回下去以後，一陣心酸，不知不覺地又掉下兩滴眼淚來，他想：「自己的父母兄嫂以及妻子，都是這樣的勢利，自然，難怪那些毫無關係的人，對自己要加以白眼了——其實，世界上的一切，全建築在金錢上的，有了錢，什麼都可以辦得到：汽車、洋房、姨太太、乾女兒；甚至有人會登了廣告，徵求你去做他的父母的。錢，錢，錢，沒有錢，誰又看得起你？鬼谷老夫子曾經說過，縱橫家是要『利己』又『利天下』的。照現在的人心看起來，他們囤貨，竟會把西藥藏匿起來，耽誤了別人的性命；他們拿別人的屋子作為自己的產業，作威作福地當著二房東……哪一件不是只知『利己』，不顧別人的！要是在這個世界上，還要講『利天下』，那真是天字第一號的傻瓜了。所以，我以後如果再到外邊去活動，首先要造成自己的地位，先讓自己安富尊容地享些幸福再說！」

「可是……」蘇秦更進一步地思索，「在這個世界上，要怎麼才能出人頭地地做一個堂堂的人呢？自然，『書中自有黃金屋』，一切的一切，還得向書中去找！」

他一眼瞥過去，就瞧到了書架上的那部太公陰符，那個在渭水河上釣魚的老頭子，不但他個人靠著這部書，得到了功名富貴，而且，周朝的天下，也因此而興盛起來，於是，他便決心要研究這部陰符。

蘇秦索性開亮了電燈，打開了這部書，仔仔細細地從頭誦讀起來。一霎時，他把白天所遇到的種種不如意事，全都遺忘，他只是讀著，讀著，一方面，還執著一支起碼貨的自來水筆，一條條做著筆記。他立志要從這書中取得最高的代價：權柄、金錢和尊敬。

夜漸漸地深了，他漸漸地被極度的疲倦所征服，眼睛酸溜溜地睜不開來；頭一點一點地垂下去，垂下去，不期然地碰到那書面上，重重地磕了一下。他頓時嚇了一跳，等到心神安定，才恢復了剛才的姿勢。可是，讀不了十來句，眼睛又閉了攏來，頭漸漸地垂下去，垂下去……。

蘇秦自己也痛恨起自己來了，「唉，怎麼這樣不中用？難道我是天生成的困水門汀的材料嗎？」他曾經看見一班癮君子們的打嗎啡針，他們雖然在精神非常萎頓的時候，只要打下一針去，立刻便會神清氣爽地振作起來。他很想如法炮製一下，怎耐他現在窮得連一支針管也買不起，哪裡有閒錢去買嗎啡？他靈機一動，頓時記起他前幾年擱在抽屜裡的一把釘書的錐子。他隨手把它找了出來，一邊讀書，一邊把那把錐子擱在大腿上。

讀不了幾行，他的眼睛又模糊了，他的頭又垂了下去，他心上一橫，便舉起那把錐子，向自己的大腿上用力地刺了一下，這一種刺激，效力也不下於嗎啡針！同時，鮮紅的血，一滴一滴地滴在地板上，他的頭腦又清醒了。他生怕那多年不用的錐子上，或者會沾染著一些細菌的，他又在書架上找出一瓶紅汞水，趕緊在創口上塗上一些。

從此，他在瞌睡蟲襲來的時候，便用他的杜製嗎啡針來興奮一下。他覺得他的讀書，完全是為了將來的享受，他越讀越有些停止不下來，一會兒，早聽得遠近的寒雞，已在開始啼叫了。

突然，有一個尖銳的女人聲音，非常潑剌地在怒吼：

「電燈為什麼還不關？我們的小火表上，多走一個字，就得多付出一塊三角九分錢。為什麼統夜開得這樣亮旺旺的？是不是故意在和鈔票作對？」這又是他嫂子的演出。

他自己沒有能力償付電燈費，他只得忍氣吞聲地把電燈開關關上了，「好吧，白天總不會受你們的干涉的，讓我明天起個早來用功罷！」

蘇秦在這樣艱難困苦中，有一頓沒一頓地挨過了一個年頭。非但他的學識大有進步，就是對於人情世故方面，也揣摩得十分到家了。於是，他挑著那擔破書，離開了這個勢利的家庭，再向趙國出發。

憑著他那三寸不爛之舌，使著全副外交辭令，居然打動了趙肅侯的心，得到了一大筆交際費，他先在自己身上竭力地裝扮了一下，然後駕著高車大馬，再向燕韓魏齊楚各國去遊說，各國君主全被他說得服服貼貼的，大家聯合起來，訂了一張條約，共同對付那個秦國，並且共同推舉蘇秦為縱約長，兼備著六國的相印。

這一來，往日那個瘪三樣的窮書生，頓時闊綽起來了；他連馬車也不要坐了，新換了一輛一九四五年型的大汽車，給一群隨員和衛兵們簇擁著，浩浩蕩蕩地打算回到趙國去。他久已憧憬著「衣錦榮歸」這句話，現在有了這個機會，順便，他預備到他的故鄉洛陽去彎一彎。

蘇秦離開故鄉，雖然只有幾個月的工夫，可是，情形卻完全不同了，不要說普通的平民，就是周朝的天子，也不由得不對他有些忌憚；在他未到以前，早已掛起了國旗，清除了馬路，派著代表在歡迎他。

「歡迎蘇先生回鄉！」

「擁護蘇先生的政策！」

「蘇先生萬歲！」

蘇秦坐在汽車裡，只聽得震天價一片聲喊著，他驕傲地吐了一口氣，「我到底也挨到了這麼一天！」他想著，彷彿在雲端裡翱翔那麼快樂。

前面又傳來了一陣鼓樂聲，一群人叢中，飄揚著大大小小各色不同的歡迎旗幟，這裡離他的家，還有三十里路。

蘇秦的汽車，越開越近了，他看得清這一群人叢中，除了同族中的幾位老長輩，還有自己的父母、兄弟、妻子，一齊都在那裡，一陣吆喝聲，靜止了一切的喧嘩，只看見幾丈路以外，有一個匍匐著的女人，像蛇一樣地在進行著，一直向汽車邊爬了過來。蘇秦從汽車窗裡望出去，仔細一瞧，卻原來是他的嫂子。她向蘇秦斂衽著，就一直跪在他的面前。

「嫂嫂：你從前對我怎樣的刻薄，現在為什麼又對我這樣的恭敬？」蘇秦想起了以前她對他的那種壞印象，便開出汽車門來問問她。

「這是因為情勢不同的緣故：現在，叔叔的地位既然那麼的高，錢也那麼的麥克麥克，怎麼叫我可以不來敬重你呢？」他的嫂子很老實地招供。

「唉！」蘇秦嘆了一口氣，「一個人富貴起來，連親戚也會怕他，貧賤的時候，連自己父母也不認他做兒子。有了這麼一種炎涼世態存在著，難怪一般囤貨朋友，投機商人，以及黑心的二房東——都會不管死活，拼命地想法子搜刮別人的鈔票了！」

家鄉，給予他無窮的悵惘，他一刻也不能在這地方逗留，他吩咐他的隨從們，把帶來的大捆鈔票，分贈給同族的窮人們，便開足馬力，駛著汽車向趙國前進。

三二・十一・二三，於悠悠軒。

（《小說月報》第卅九期，一九四三年十二月十五日，署名「白又」）

劉盤龍回頭記

鈔票一疊疊地飛著，電燈光射得亮堂堂的，人是擁來擠去的，雖然已經挨到十二月下旬的天氣，每個人的頭上，還在冒著汗。

隨它交易所中搶帽子的怎麼人山人海，總比不上這裡的生意興隆；隨它交易所中怎麼的會引起人的僥倖心，總不如這裡更會使人眼紅！

這裡，名為飯店，其實，誰都明白，名是不能副實的；到這裡來的，決不是為了吃一頓飯！

在一陣嘈雜的喧雜訊中常常夾著幾聲「開嘞，開嘞！」「十一點大！」……或是「上門蹩，下門一，天門二，莊家三，統吃！」等等的喊聲。

有的人贏了，笑容滿面地叫囂著，把籌碼掉了一疊疊的鈔票，向著口袋裡塞；有的人輸了，哭喪著臉，把他最後一張鈔票，向那檯子上一丟，「真是見了鬼，別想翻本了！」

其中最懊喪的一個，卻要算那個大名鼎鼎的老賭客劉盤龍了。他連日在這「司廣」飯店裡，大約是沒有向賭神菩薩許願，因此，連日的鎩羽，一共損失了十萬多元鈔票，可是，他是一個驕傲自大的人，越輸卻越不服氣。

這一天早晨，他從夢中醒過來，感覺得自己的腿上，有些微微的溫暖，他的經驗告訴他：那個小兒子阿狗，又在被窩裡溺出一泡尿。他來不及地把被窩揭去，只見他的老婆，死豬似的拍腳拍手睡得正甜，那樣子正像一個「大」字。他心裡不覺動了一動，立刻便跳下床來，偷偷地弄開了那個梳粧檯抽屜，把他老婆那只視同生命的三克拉鑽戒偷了出來，兌了一筆不小的資本，一逕向南市跑去。

他一走進那家「司廣」飯店，趕忙踅到連日輸錢的那個賭臺上，也不把路道看看清楚，一下子就抽出一疊鈔票，押在「大」上，不料，等到開出來，偏偏卻是么二三——六點，「小」。第二次，他再抽出一疊鈔票，仍舊押在「大」上，但是，開出來的，還是么三四——八點，「小」。他接連幾次向「大」上押，幾次總是開出「小」來。

「媽的，怎麼她早晨在床上擺的那個『大』字，一點也不靈驗，倒害我輸了這許多錢！——停會兒，回家去，得狠狠地揍她一頓，出出氣才行！」劉盤龍這麼想，他身邊藏著的那只鑽戒的代價，也漸漸地短少下去了。

他覺得這檯子上一定有一個搗蛋鬼，在和他鬧彆扭；他嘆了一口氣，把剩餘的一疊鈔票緊緊地抓在手裡，決計要換一個地方再試試看。

他走向左邊的一堆人叢中，那裡是一玩牌九的檯子，他又記起他老婆早晨在床上擺的那個「大」字，不覺恍然大悟，暗暗地好笑起來。他想：這裡賭的，原是四張頭的廣東「大牌九」，那個「大」字，原來應在這裡呢！早知道這樣，也不去拼命押「大」了。現在，幸虧極早見機，還剩著幾張鈔票可以翻來，不如就在這裡另起爐灶，試試運氣再說。

劉盤龍開始押起廣東大牌九來了，可是，他的鈔票好像是鐵做的，莊家的骰子，卻是兩粒磁石，每次，骰子一扔，他的鈔票便被吸引了過去，一次，二次……他的口袋裡便空無所有了。

盤龍自然也和別的賭徒一樣，贏了還想贏，輸了更想翻本，因此他在不剩一張鈔票的時候，還是想抓住一個機會，把輸出去的錢撈回來。

他突然觸著了一個靈機，仿佛有八個大字，在他面前晃著：「一角股洋」「一月滿期」。那是在這飯店後面開設著的幾家小押當，高揭著的標語，劉盤龍卻認為是他的救星，他毫不延挨地離開了賭臺，趕到後面的一家押當裡去。

「喂，快些，把這押一押，隨你給多少錢，等會兒就來贖的！」他從手腕上脫下那隻西姆表，遞到櫃檯上。

「一千五百元！」櫃檯上那個斜眼絡腮鬍，輕率地把那手表一摺。

「二千塊怎麼樣？」劉盤龍顯著非常著急的樣子。

「多一毛錢也不要！」

「好，一千五就一千五！」劉盤龍氣鼓鼓的。

絡腮胡把一張當票和一疊鈔票遞了給他，劉盤龍拔腳就跑，再踅進那家「司廣」飯店裡。

大牌九不靈。他依舊恢復了剛才的主張，在那大小臺上，押了一百元「大」，奇怪，開出來的，卻又是一個么二三——六點「小」，再押一百元，又是「小」；等他把最後的一百元擺上去，開出來卻還是「小」。連賭窟裡的執事們，也驚詫這一局，為什麼接連地出老寶？

劉盤龍氣憤極了，喃喃地自言自語：「我不相信，一輩子會開『小』的！」他只偶然停了停手，同臺的賭客們，卻都在喊：「大，大，大？」這一回他可沒有押，居然開出「大」來了。

劉盤龍第二次急急地再跑到賭窟後面去；等他回進來的時候，那件「巧克丁」的大衣，已經不在他的身上了；結果，這也不過維持了他二十分鐘的希望。於是，第三次，第四次……繼續地向那家小押當裡跑，直到把腳上的一雙紋皮鞋，也擱進了他們的櫥窗裡。

最後，劉盤龍只穿著一身衛生衫褲，趿著一雙草拖鞋，在那大小臺邊瑟瑟地直哆嗦。

他身上雖然忍受不住極度的寒冷，可是，他的一顆想翻本的雄心，卻依舊是十分的熱烈，他哆嗦了一會，便涎著臉，表示十二分好感地向旁邊一個抱臺腳的開始求懇了：

「爺叔，請你幫幫忙，可不可以借一塊臺布給我？」他指著沙發邊小圓臺上的一塊繡花臺布。

「你要這臺布幹麼？」

「嘻嘻，要派點用場！」劉盤龍囁嚅地有些說不出口，「我，我想借來遮遮身體！」

「怎麼遮身體？」

「我……我打算把這身衛生衫褲，再去押了錢來翻本，身上赤條條的，太不雅觀！」劉盤龍勉強裝著笑容。

「哼，臺布，你知道臺布現在買黑市，要多少錢一塊？我們這裡所用的，也打過不少的補丁了！我勸你：不必在那裡夢想了，要末，讓我到廚房裡去，撿一隻破袋給了你吧！——這是我看你輸得急了，才行些好事；停一會兒，別再向我們要車錢！」抱臺腳的撫摸著腰間的手槍，居然發著憐憫他的心。

「那自然，自然，我再向你要車錢，不是人！」劉盤龍發著極咒。

「諒你也不敢！」

那位抱臺腳的帶領著盤龍，踅進裡邊去。等到這位劉先生再登場的時候，上身赤著膊，下身圍著一塊破袋皮，完全化裝成一個道地的癟三了；手裡，卻零零碎碎地執著一把鈔票。

他皮膚上全起了栗，筋肉微微地在牽動著，可是，態度依舊沒失去那種勇敢的成分，他走到那張大小臺邊，一下子就把這套衛生衫褲的代價，完全押在「大」上。只是，不幸得很，僅僅只有二十秒鐘的功夫，劉盤龍的這一疊僅有的鈔票不過給這魔窟裡增加了一份微小的資本罷了。

他想：專門押「大」或是押「大」牌九，結果都輸了；現在，他明白他老婆在床上擺的那個「大」字，百分之百的靠不住。因為，他記得他老婆的身邊，曾經給他的兒子阿大，溺過一泡尿；尿，就是水，那「大」字旁邊，加上一個「氵」旁，不是一個「汰」字嗎？「汰」就是「洗」，現在，他不但「囊空如洗」，連身上衣服和一切東西，都一起被洗得乾乾淨淨了。

劉盤龍自己覺得，這個局面是無法挽回的了。他自己恨自己：怎麼一下子鬼摸了頭，竟迷信在這個「大」字上，鑄成了這個大錯！——這是他賭博了一生，最大一次的失敗，尤其是他身上的尷尬情形，使他沒法走出去見人。他因此極端痛恨這個害人的魔窟，恨不得放一把火，把它燒毀了。可是，他們的房屋是租來的，裝修和生財，聽說都保過幾百萬的火險，而且，到處都是稽查員，別說燒不了他們一根毫毛，自己也許會被他們捉住了，當做放火犯辦罪。

劉盤龍正在躊躇不決，忽然聽得外面傳來一陣嘈雜的聲音，仔細聽去，好像有許多人在喊著：「起來，大家起來肅清煙賭舞！」

「……剷除害人的賭窟！」

「外邊鬧著什麼？」所有全賭窟的分子：司賬，職員，抱臺腳，搖缸女郎……

全都停止了工作，彈出了眼珠，在呆呆地發怔，同時，劉盤龍的那些同志們，更是紛紛擾攘起來，有的甚至急速地把籌碼掉換了現鈔，打算往門外逃跑。

喊聲是漸漸地越逼越近。

「丘九先生打上門來了！」有人這樣報告進來。

「別害怕，我們有傢伙，和他們拼！」幾個抱臺腳的統通把手槍抽了出來，嚴陣以待，大有養兵千日，用在一朝之慨。

賭窟老闆從經理室裡出來了，他是一頭老於世故的狐狸，他說：「我們的生意還想做下去，不能用激烈手段對付他們！老實說：打死幾個小鬼，不算一回事，倒是事態一擴大，暫時停止了營業，在這歲尾年頭，真不是生意經——大家不必抵抗，尤其不准開槍，快快把大門關起來再說！」

「關起來，關起來，把大門關起來，再用些桌椅疊在門裡，看他們怎樣進來？——觸那！」一個流氣十足的高級職員，在老闆面前要賣弄他的能耐。

正在發顫的劉盤龍，看到這種緊張的情形，仿佛喝下了一杯白蘭地似的，立刻興奮得熱血沸騰，他雖然不敢喊出口，心裡卻非常痛快地在想：「這害人的魔窟，用不著我來放火，眼看著它就會完結了！」

「……肅清煙賭舞！……」

門外又來了一陣怒吼，劉盤龍裸著身體，不顧一切向後面奔去。

「爺叔，幫幫忙！你瞧，我連衣服皮鞋都輸光了，別再讓我留在這裡吃生活，謝謝你，放了我出去！」劉盤龍對幾個把守後門的大漢請求。

「這小子，竟輸得連一條褲帶也不剩，好吧，放他出去！」一個領班似的大胖子發著命令。

劉盤龍這樣賺出了後門：「媽的，現在是我報仇的時候了！」

他立刻轉到前門。

那邊已經簇擁著一大隊青少年，有的穿青布長衫，有的穿學校制服，也有穿童子軍裝的；在隊伍前面，飄揚著一面白布大旗：「禁止煙賭舞！」上面這幾個紅漆寫的字，象徵了賭徒們的汗血。

「開門，開門！」青少年們都在喊著。

「媽的，那些不知好歹的豬玀，和他們客氣不得的，這樣喊，就是喊破了喉嚨，也不濟事！」劉盤龍站在一旁，喃喃地說：「你們瞧，這魔窟害得我多麼苦，我的衣服，以及身上的一切，全都在他們檯面上消失了！」

「你，這個沉溺於賭窟的人，現在也覺悟了嗎？」青少年的領袖這樣問他，

「那麼，你也應該加入我們的團體，立刻來把它肅清一下！」

「當然，我得幫助你們！你們認識我嗎？我在晉朝，曾經因戰功封過南平郡開國公，做過衛將軍，要打掉這個鳥窟，真是不費吹灰之力！」這是劉盤龍的自我介紹。

「好，劉將軍，我們開始動手罷！」青少年同聲地喊。

劉盤龍從地上拾起幾塊磚頭，向那賭窟門口扔去。「乒」「乓」玻璃掉下來了，那幾塊電燈看板，「消閒勝地」「高尚娛樂」「專車接送」「通宵營業」……！等等漂亮的詞句，先粉碎得不成樣子了。

在那矯揉造作的立體門面下，青少年們拼命地在攻打兩扇關得緊緊的大門，可是，那包著的鐵皮，似乎太堅固了，一隊童子軍只用手裡的木棒搥擊著，無論怎樣也不能撼動得它。

「讓我來吧！」軍人出身的劉盤龍，到底比學生們有些氣力，他一邊說，一邊已經揮動拳頭，向著那兩扇大門打去，「砰，砰，砰！」左鄰右舍都被這打門聲驚動了，不約而同地大家都趕出來看熱鬧。

「哦，這個無底洞，今年正月裡，聽說○○茶葉店的小開，只一夜之功夫，就把九家分店，完全送在這個無底洞裡了！」

「哼，還有呢，那個失業的鐵匠葉銀才，不是因為在這裡賭輸了錢，才去搶劫那家永興鐘表店，因此釀成了連殺事主三人的命案！……」

「還有，某公館裡的大小姐，也是為了賭輸了大錢，一時發起急來，竟把她的貞操賣給一個同賭的浮浪少年了！」

「這種事，有什麼稀奇，這個魔窟裡，差不多天天在製造出來！……能夠這樣肅清一下，真是痛快！」

大家紛紛地議論著，有的在拍手，有的在歡呼：「殺人不見血的魔窟，從此在上海要絕跡了！」

劉盤龍的拳頭終打開了那兩扇賭窟的大門，每個心頭在燃燒著忿怒之火的青少年們，振起精神，邁開大步，直向這魔窟中衝進去。

「啊喲，不好了，打進來了！」一個中年人先進來報告。

「快逃，快逃！」大家這麼附和著。

一時間，擁擁擠擠地，大家在向後門奔跑。

「喔唷，我的高跟鞋給踩落了！」一位姨太太型的女人，叫得多麼尖銳。

「喲，別人昨天剛燙過的頭髮，別給我擠壞了！」一位女學生跟著嚷。

「倒楣，倒楣！我的一個手提包失掉了，裡邊還有剛押去一張市民證的當票呢！」一位小家碧玉情不自禁地在狂叫。

情勢是非常緊張的，他們都在擠，都在嚷，後門太狹窄了，一時容不下這許多人擠出去，他們只像蛆蟲一樣地亂竄著。

等到那隊青少年衝進了廣大的廳中，這些男男女女的賭客連同魔窟中的職員：司招待的，司搖缸的，司賠款的，……以及抱臺腳的，一起都逃走了。剩下來的，只有五顏六色的籌碼，不知葬送過多少人的賭具：輪盤，搖缸，骰子，牌九牌，銅寶……還有來不及拿走的鈔票，全散亂在地上。

「哈哈哈！我把我的一切，都送在這魔窟裡了，可是，這一下，卻復了仇，也可說是替所有的賭徒們復了仇，以後，我要重新做一個新人，大家別再拿我這『劉盤龍』的名字，當做一切賭徒的代表，才是！」劉盤龍就站在那張大小臺上演說，興奮得把身上的寒冷都忘記了，雖然，他依舊是赤裸著的。

「把這些害人的賭具消滅掉！」

「把這些不義的鈔票，拿去救濟貧民！」

青少年們當時就雇了幾輛人力車，載著這些賭具和贓物，又向別的賭窟進發。傍晚時分，從跑馬場裡冒起一縷濃煙烈火，那些曾經傾人家，蕩人產的賭具，立刻化成了灰燼。

劉盤龍也從此回頭，不再玩那呼盧喝雉的把戲了。

（《大眾》一九四四年二月號，一九四四年二月一日，署名「白悠」）

倒運漢走單幫——續今古奇觀〈洞庭紅〉篇

被前樓那家專以背「杜米」為生的人家，通夜不停的雀牌聲，騷擾得大家都合不攏眼。其中，首當其衝的，自然是住在三層閣裡的那個文若虛。

他等他的太太起身以後，索性不想睡覺了；從口袋裡找出半截昨晚吸剩的「紅玫瑰」，正想找一根火柴來點燃，猛然記起：盒子裡的最後二根，早已擦過了，哪裡還有剩餘的？前天二房東雖然已把配給火柴證送了來，可是，沒有錢，拿什麼去買？他因此深深地嘆了一口氣。

他的獨養兒子阿毛，一早就溜到巷堂裡，正和鄰家的幾個孩子，玩著造屋子的遊戲。現在，只剩他獨個兒躺在那張破鐵床上，仰起了臉，兩眼望著天花板，把自己一生的遭遇溫習舊書般地溫習了一遍。

他本是一個小布爾喬亞階級，自從那年販賣扇子折了本，別人便輕輕地把一個「倒運漢」的頭銜，硬送給他承受了。不料後來販運一批「洞庭紅」到吉零國去出賣，居然得了盈利；並且，當他回國的時候，又在一個荒島，拾到一張大龜殼，他竟靠著這烏龜，發了一筆大財；於是，討老婆，蓋洋房，買汽車……，凡是一個暴發戶所應該有的排場，他沒有一樣不做到了。從前一般嘲笑過他的人，看看風色不對，便一齊改過口吻，即日把那「倒」字自動取消，補上了一個「轉」字，從此，文若虛又榮膺了一個「轉運漢」的美名。

可是，文若虛畢竟是一個吃慣用慣的紈袴子，做生意完全是門外漢，加上近幾年來，人人都想抓住一個機會，發一筆投機橫財，所以，做生意也不能循著正軌著手了。像他那樣一個渾渾噩噩的人，經過幾次風浪，早被人擠下了商業舞臺，將那波斯胡瑪寶哈給他的四萬五千元現款和一家綢緞鋪子，完全消耗光了。「轉運漢」於是又恢復了「倒運漢」的身份。

他在福建地方，已經斷了生路，便挈領了妻兒，打算回到他的家鄉蘇州去。當他路過上海的時候，想起當年一同出洋經商的那些朋友，還有好幾個住在那裡，打算去向他們找些事做，他便暫時租了人家的一間三層閣，安頓了妻兒。

回憶是最能使人發生感慨的，因此，他越想越懊喪了：「要是有機會，再給我到外國去跑一趟，也許再會恢復從前的境況！可惜，當年帶我出洋的那些客商，找來找去也沒法找著他們了！……」他想著，跟著又來了一聲長嘆。

扶梯上一陣腳步聲，文太太剛從自來水龍頭邊提了一鉛壺水，匆匆地走上扶梯，預備洗臉了；跨進門，聽到了他的嘆聲，不自禁地又嘮叨起來。

「阿毛的爸，你總得想想辦法才是，不但戶口米早已吃完，就是戶口麵粉，也只剩得一茶杯光景了。」

「想辦法，我是天天在東奔西走地想辦法！可是，熟人一個也找不到，要我到馬路上去趕豬玀，我又丟不下這張臉；你說，叫我怎樣才是！」文若虛從被窩中坐了起來。

「你從前不是運了洞庭紅到外國去賣，才發財回來的嗎？這幾天，滿街上都擺著橘子出賣，你既然找不著朋友，何不到市場上去販些橘子來賣賣呢？」文太太雙手浸在冷水裡絞手巾，不覺打了一個寒噤：「我們一家三口，連棉襖也沒有一件，怎麼過得了這個冬天？唉！」

「嗯！你真是說的風涼話，你瞧，我連最後幾張價錢抬到了最高峰的文化股票都賣掉了，即使要做些小生意，拿什麼錢去批貨色呢？」文若虛記起自己手裡，還抓著那個香煙蒂頭，便恨恨地向著枕頭邊一丟。

他想把所有的氣惱，一齊在老婆身上發洩一下，便在床上挺直了身子，兩眼圓睜睜地瞪住了她，滿頭的髮絲亂蓬蓬的，樣子真像一匹正待怒吼的獅子。

「你，你為什麼不也去想想辦法？像客堂裡的二房東太太，她每天坐了包車，到證券市場裡去搶帽子，只要在那裡坐上幾個鐘頭，手裡依舊在替她先生織絨線衫，卻自然會有一大串的數目字，增加在她的存款簿上。要不，你也得學學亭子間裡住著的葉田田小姐；她也是一個女人，她每夜在舞場裡，總是把鈔票在手提包裡裝得滿滿的才回來，你為什麼不會跟她去撈些外快？你得知道，不只限於男子漢才該掙錢的，女人，也同樣可以去掙錢，或許比男子們容易些！你別老是逼著我……」文若虛還打算滔滔不絕地演說下去，忽然給樓梯下的說話聲打斷了。

「爸爸，有一位客人來找你！」阿毛在拉直喉嚨叫喊。

文若虛一骨碌從床上跳下來，趿著拖鞋，趕到樓梯口：「阿毛，可得問問清楚：是什麼人？不要隨便讓人家進來！」這三層閣裡，雖然是四壁蕭然，他卻還是保持著有錢人的氣派，生怕有歹人混進來。

「唔！若虛兄，是我啊！——長久不見了！」樓梯下，是一個蒼老的聲音。

文若虛借著晒臺上溜進來的一道光線，往下面仔細瞧去，依舊瞧不清楚。

「是——哪一位？」他的語調變得柔和了些。

「嗯嗯，若虛兄，是我——張乘運，你不認識我了？」那人不管三七二十一地爬了上來。

「唔！是乘運兄，久違，久違！」文若虛立刻記起他的綽號，似乎叫做張識貨，當年到吉零國去，就是承他的情，挈帶著，自己才發了一筆洋財回來。「這裡真是髒得不成樣子，乘運兄，你別見笑！」

「哪裡，哪裡，現在這個時代，誰不是這樣的，除非是幾個囤貨朋友，投機商人！」張識貨一邊說著，早已踱進了三層閣裡。

「乘運兄，你怎麼知道我住在這裡？」文若虛把床上的被窩掀了掀，讓張識貨坐下。

「前天，我在南京路，遇見那位褚中穎先生——褚先生，你大約還記得，就是那年替你和那波斯胡瑪寶哈寫合同的，他告訴我，他有一個親戚，和你同在一幢屋子裡，所以，我就依著門牌找了來，一問，果然就問到了！」張識貨自己掏出香煙，反而敬了主人一支：「請抽一支蹩腳煙！」煙是一支前門牌，在從前固然不能算上品，現在，卻勉強可以列入名貴品中了。

「我有，我有！」文若虛伸手向枕頭邊一陣掏，才把剛才那半截香煙掏出來。

「嗯！換一支不好嗎？」張乘運已經擦旺火柴，送到文若虛面前。

「用不著換！現在樣樣都講節約，半截香煙還可以吸，自然該吸完它！」文若虛顯得非常寒酸。

「不錯，我正要問你：你近來的生活，不怎樣好吧？」張識貨單刀直入地這樣打探他。

「非但不怎樣好，連過也過不下去了！你想，物價這樣向上漲向上漲，漲得漫無止境的現在，我們這一家三口，又個個都是消費者，除了坐以待斃以外，還有什麼出路好走？唉！唉！」文若虛變成了嘆氣專家，他的每一個「唉」字，都有一種板眼。

「若虛兄，別這麼消極，當初，你不也是曾經處處碰了壁，後來還是我勸你出洋去，才掙了一份大家私。現在，我們不可以重振旗鼓地幹它一下嗎？」張識貨倒是挺樂觀的。

「你的意思，是不是叫我再跟你出洋去？」文若虛發著這疑問。

張識貨接過了文太太遞過來的一杯開水，不住地說：「謝謝！」一面回過臉來：「不！現在走外洋的輪船全不通，怎麼可以去？我的意思，想和你就往近處跑跑，把鄉下沒有的東西，從上海運些去出賣，再收買些鄉下的土產，帶到上海來賣給人家，這利息，除了盤川以外，聽說常常會超過十多倍也說不定！」

「是的，這裡四十九號的湯家嫂嫂，今年三四月裡，還是窮得連一碗陽春麵也吃不起的；她僅僅跟別人跑了幾趟，現在，居然穿起海勃龍大衣來了！」這是文太太平日所眼紅的，她便趁此時機發表了出來。

「你不是說的走單幫嗎？走單幫這種行業，雖說可以把各地的貨物，相互地流通一下，可是，做這種營生的，目的只在多賺錢，他們由於路上運送的艱困，便把物價任意地抬高。一般人不但買不起他們的貨物，而且，別的日用品，也同時受了影響，被刺激得日漲夜大了。還有，某一種東西，在甲地本來是供給並不缺乏的，給他們一再搬運，也會漸漸地枯竭。至於輪船火車的擁擠，甚至船票車票也有黑市；買到了票，還得耐心地排了隊等著，挨不上，別想動身！……」文若虛根據他那種書生之見，說出這番大道理。末了，又來了一個結論：「所以，現在大多數人的生活困難，走單幫的人，應該負些責任的。——乘運兄，我想，別的事都可以幹，只有這種行業，我不願意幹！」

「哼哼！你的頭腦真太簡單了！你不去做，別人決不會為了你，便也停止不做的。你一個人不走單幫，難道大家的生活就會好轉了嗎？哼哼！你這種遷腐騰騰的想法，現在是行不通了。你再這樣過下去，我們娘兒倆，必定會餓死在這三層閣裡的！」文太太眼圈兒紅紅的，有些哽咽起來：「世界上也有你這樣不受抬舉的人，你就是不為自己，也得替別人想想：張家伯伯，好意要提挈你一把，你倒這樣地不知好歹，會說出這樣的話來！老實告訴你，我是不能跟一個癟三，老是餓著肚子度日的，你不願意出去做買賣，我們倒不如離了婚吧！」

她一邊說，一邊拿起桌子上的一根趕麵棒，劈頭劈腦地向她丈夫打了過去。

「嫂子，這又何必呢？——我說，若虛兄，你也太固執了！走單幫這行業雖然有些不正當，可是，一個人為生活所逼，也顧不得這許多了。我想，無論如何，總比那些不顧別人性命，囤積著西藥不肯出籠的奸商，要純正些吧！再退一步說，你從前把『洞庭紅』販到吉零國去，賣了幾百倍的價錢，難道和這單幫生意，還有什麼不同嗎？」張識貨被那煙蒂頭燙痛了手指，略微痙攣了一下：「不過，我也並不是一定要硬逼你跟我一同走，只是看在以前的交情上，所以這樣勸勸你！」

「你瞧，我現在已經窮得這個樣子了，連到老虎灶上去泡一勺開水的錢，還是昨天賣了兩個洋瓶得來的，我即使要跟你去幹這行業，叫我哪裡拿得出這筆資本！」文若虛來了一個苦笑。

「那你不必發急，資本我有辦法，我所缺少的，卻是一個助手！你能跟我去，不但不要你拿出一張角票來，而且，每一趟，我準定還可以給你五百塊錢酬勞，你看怎樣？」隨手，張識貨從身邊掏出一個皮夾子，抽出一疊鈔票：「這一些，你先留著作家用，讓我慢慢地和你清算！」

「那不能！不能！事情還沒做，怎麼可以先用你的錢！」文若虛竭力推讓。

「老朋友，還講客氣！我只希望你能像前次在吉零國一般，再得一筆意外之財回來，那才不枉我們合作一場！」張識貨笑嘻嘻地憧憬著前途的光明。

「唉！我是出名的倒運漢，還會發什麼財？除非是進棺材了！」文若虛不自覺地又發起牢騷來。

「你這個人，真是狗嘴裡不出象牙的！張家伯伯好意提挈你一把，你倒說出這種倒楣話來！老實說，現在木料這樣貴，連柴爿也賣到六七百塊錢一擔，你要進棺材，可也不容易啊！我勸你，還是振作起精神來，幫著張家伯伯去走一趟吧！」文太太覺得他的話說得太不吉利，半埋怨，半勉勵地說。

「是啊！嫂子的話才不錯，我們出門人，總得圖一個吉利；況且，現在這個時期，別怕被人罵奸商，只要能夠花些氣力，做買賣沒有不賺錢的，若虛兄，我也勸你積極地幹一下！……」張識貨越說越興奮了。

「沒辦法，自然只有幹！」文若虛果然給他一支嗎啡針增加了活力；「可是，乘運兄，我們哪一天動身？先往哪裡去？」

「我預定到江北去走一趟，從外灘上輪船，直放新港的那艘華泰輪船，聽說就在明天啟椗，你得準備一下。現在時候不早，我不多坐了。明天，我們就在外灘輪船碼頭碰頭罷！」張識貨滿意地鑽出了這個三層閣。

文太太等到丈夫送客回來，她已經把平日那一種一臉孔的不高興，完全消滅了；她嬌聲嬌氣地向若虛提出一個意見：

「你現在已經答應了和他同走，可是，自己也得打點打點，辛辛苦苦地跑一趟，難道就只為了這五百塊錢，五百塊錢，現在買不到兩斗米，算什麼！」

「剛才，我不答應和他合作，你硬逼我承認下來；現在我既然已經答應了他，你為什麼又不情願了！……明天，叫我怎樣對付他？」文若虛哭喪著臉，把張識貨留下的那支香煙，和一盒火柴，抽出一根來點了火，狂抽起來。

「蠢東西，我何嘗叫你不合作，我的意思，你趁這一趟跋涉，自己也不妨帶些貨色去兜銷，雖然為數不多，可是，自己的資本，總比幫別人做好得多！」文太太笑迷迷的，好像她面前霎時堆滿了鈔票似的。

「你又說得好聽！你要我販賣橘子，尚且沒有資本應付；你得明白，走單幫的資本，要比販橘子大過幾倍呢！……至於張識貨丟下的二百塊錢，是預支給我的酬勞，我離開上海以後的家用，都要看在這上面，哪裡有閒錢去做這一趟生意！」文若虛的兩隻眼睛，骨碌碌地只在他太太臉上轉著。

「你能夠一心一意好好地做生意，我不妨老實告訴你：前幾年，當你破產的時候，我暗地裡曾經藏著一個小鑽戒，和一條金雞心項鍊，本來，我是預備將來給阿毛娶媳婦用的，現在也說不得了，讓我拿出來，兌了它吧！」文太太欣然地立刻從小馬甲口袋裡，掏出一個縫得十分嚴密的小布包，拆開了，隨手取出那兩件光芒四射的飾物。

文若虛久已沒有見過這種東西了，不覺有些驚，也有些恨，驚的是：自己家裡，還有這麼兩件珍貴的東西，怎麼自己一點也沒有知道；恨的是：這幾年來，每天老是在艱難困苦中挨命，自己的W有著這些值錢的東西，為什麼硬著心腸，一直隱瞞著呢？可是，畢竟他被眼前的黃澄澄，亮晶晶所迷惑了，他只得忍著氣，從老婆手裡接過這兩件寶貝來。

吃過了午飯，文若虛和太太商量了一會，便出門去，直到晚上，他才提著一大捆，挾著一大包地回來了。人是非常的疲憊了，所以一走進三層閣，把買來的貨物一放下，就向床上一倒。

「你預備帶些什麼東西去？」文太太走過來摸摸那些包裹。

「我曾經探聽了好些人，他們都說：鄉下最缺乏的，是香煙，火柴，肥皂，洋蠟燭，以及熱水瓶，毛巾，襪子……等等。所以，我買的就是這些貨色。不過，身邊帶著這許多東西，累贅也真累贅極了！」文若虛不情不願地噴著香煙。

一夜很容易地過去了。第二天，文若虛和他太太又忙碌了半天，一切總算已經粗粗地就緒了，他便帶著行李，趕到外灘的輪船碼頭去。

他帶了這許多貨物，在這擁擠雜亂的碼頭上，真有寸步難移的痛苦；他伸長了項頸，只是盼望著張識貨的到來。旅客們是陸續地上了船，文若虛卻連船票也沒有到手，他焦急得火星直冒。可是，又不能離開了貨物，到別處去找尋，他只是呆呆地站在那裡發怔。好容易，才望見張識貨遠遠地趕來了。他這才鬆了一口氣，高興得拍手拍腳的。

「噯！乘運兄，你怎麼到這時候才來？」文若虛滿頭流著汗珠：「唷！擠得很，擠得很，船票也買不到，怎麼辦？」

「我早已聽人家說過：要照平常那樣買票，決計是買不到的，除非是花百把倍的價錢，向他們買黑市票！」張識貨雖然沒有走過單幫，門檻倒是相當的精明。

「船票，自然只能買黑市票，可是，這許多貨，怎樣搬到船上去呢？」文若虛皺著眉頭：「說起來，我是曾經跟你出洋去過的，卻從來沒遇到這樣緊張的場面過！」

「只要花錢，現在這個世界沒有辦不到的事！」張識貨把貨物在文若虛面前一擺，忙著就去找船上的執事人。

果然，等他回轉來的時候，一切都辦妥了；船票到手了；那些貨物也有人來代搬了。

他們出了一身大汗，總算挨上了船，擠呀擠的，但見到處都在擠；這邊擠來，那邊擠去，不要說房艙裡插不下腳，就是兩邊過道上，也全被乘客占據了。好容易，總算給他們找到一個安放貨物的地位。可是，一會兒，一個船上的執事，向他們那裡走來了。

「你們沒有付過錢，怎麼可以隨便在這裡安置東西？」那人惡狠狠地瞪出了眼睛。

「我們有船票在這裡！」張識貨掏出兩張黑市船票給他瞧。

「豬玀，你難道還是第一次出門？你可知道這船上的規矩？這裡放一件行李，要另外付一筆錢的！」那人舉起皮鞋腳踢踢他們的貨物。

雙方討價還價的結果，終於由張識貨給了他一卷相當數目的鈔票，他才滿意地走向別的旅客那裡去吆喝著。

文若虛和張識貨，哪裡還敢存著到房艙裡去睡高鋪的希望，他們站得站不住了，只得蜷伏在自己的貨物上，預備就這樣過一夜。

馬達開動了，船身也漸漸地移動了，這艘華泰輪船，載著過量的人，過量的貨物，就這樣出了吳淞口。

船上的旅客們，差不多個個都是走單幫的，他們個個都以為立刻可以把自己的貨物，掉了一卷一卷花花綠綠的鈔票回家。因此他們只覺得滿心快樂；有幾個，竟是張開了大嘴，做起發財的好夢來。文若虛和張識貨是這集團中的一份子，他們自然也同樣地懷著這個欲望。

各人的希望在一點一點地加長，旅途卻在一段一段地縮短，漸漸地，天上已經發著魚肚白色，同船的旅客們，再度地又騷動起來。

「新港快到了，把行李收拾起來！」有人在這樣喊。

文若虛從夢中驚醒，他瞧瞧旁邊的張識貨，歪著頭，嘴邊淌著口涎水，睡得卻非常的甜。眼光射到他那只手表上，長短針正指在六點三刻上。他下意識地將他的同伴推了一推：「喂！乘運兄，醒醒吧！新港到了！」

「啊！大家快把自己的貨物，搬到甲板上去！快些！聽見了沒有？」船上的執事們，用了破竹般的喉嚨在喊。

「快些！還不上去，屈死！」

船是一點一點行駛得緩慢下來了，碼頭已經漸漸地接近了。旅客們被一次一次地逼迫著，連同他們的貨物，一起集中在甲板上了。

「喂！大家聽著：——你們每人帶著這許多東西，都已經越出了範圍，現在，應得補繳一筆值百抽十的保險費，才得讓你們平平安安地帶著下船，……否則，哼哼！」船上的執事人，又在對齊集在甲板上的旅客們發話了。

旅客們實在真聽話，有的人，居然毫不反抗地掏出鈔票來付給他們了。手續清楚以後，執事的人們，才拿出一條繩子來，縛住那個旅客的腰部，再用別的一條捆住他的貨物，從船舷邊，一直縋下去，縋到水面上來接客的小舢板中。

「為什麼不讓我們好好地從艙門裡下船，卻要做這種危險的事？」文若虛輕輕地問張識貨。

「哼！艙門早已給關閉了！要是讓大家自由地從艙門下船，他們怎麼敲得著這筆竹杠呢！」旁邊一位老旅客，表示非常的痛恨。

「要錢，也得好好地商量，這樣窮凶極惡的……」張識貨也表示不服氣。甲板上全堆滿了人和貨物，船身不住地動盪，很有些頭重腳輕的樣子。

「不對啊！這船怕要翻身了！」老於航海的張識貨，終於忍不住地這樣嚷。

「還是開了艙門，讓大家回到下面去！要錢，在下面艙裡一樣可以付給你們的。」大家同時附和著。

忽然，水面上起了一陣喧嘩聲，一連串有三四十艘舢板，滿載著人和貨物，靠近了輪船邊，舢板上也擠滿了人。

「你們瞧，船還沒有靠岸，我們也沒有下船，他們倒已經帶著貨物，想上船往上海去了！」一個旅客指著那水面上的舢板。

真的，那些舢板上的旅客，等到剛靠近輪船，就一個個攀住船舷，預備爬上船去。立刻，那輪船便失了重心，向一邊傾側，傾側，本來和水面成直角的桅杆，也漸漸地由九十度變成八十度，七十度，六十度，五十度……

「啊！救命！救命！我的性命全寄託在這些貨物上！」

「誰救我上岸，我情願把貨色照本錢賣給他！」

「把這些貨物抓緊些，別讓它掉到水裡去！」

船上人聲嘈雜，顯然是到了十分危急的關頭，可是，大多數的人，還是在轉著保全貨物的念頭。文若虛和張識貨，自然不能例外，他們雖然可以套了救命圈跳下水去，只是捨不得帶去的這些貨物，一邊掉著眼淚，一邊依舊守住了，一動也不動。

差不多只有五分鐘的時間，只聽得驚天動地的一聲響，水花被激得大約有幾丈高，船是完全沉沒了下去，嘈雜的人聲，也完全歸於靜默。

附近停泊著的船隻，得到這個消息，雖然都趕來搶救，中什麼用！在這一片漆黑的夜裡，僅僅只有二百多個幸運者，從水裡被救上岸。文若虛和張識貨，跟著一千多個同舟不共濟的單幫同志，一齊做了海底冤魂。

這消息很快地又傳到了上海，那些旅客們的家屬，當然都發了急，大家不約而同地趕到輪船公司裡去探聽：有的是找兒子的老母親，有的是找丈夫的年青少婦，有的是找妻子的中年男子……他們眼望著那茫茫的黃浦江，悲從中來，不禁放聲大哭。

其中有一個徐娘式的婦人，她就是那文若虛的太太，這時候，哭得兩隻眼睛又紅又腫，聲嘶力竭地悲喊著：

「若虛啊！若虛！你是由倒運漢變成了倒運鬼，自由自在地走單幫走到陰國去了。剩下我這孤苦伶仃的女人，這種天天要愁油愁米的日子，叫我怎樣過得下去！」

可是，一班過路的人，有的忙著到市場上去做投機事業，有的忙著進舞場去度摟抱生活，隨她哭出了眼睛，也沒有人去理她。

——一九四三，主降生紀念日。

（《春秋》第六期，一九四四年三月十五日）

月下老人的末路

無精打采地，韋固剛從辦公處回到宿舍裡，他一邊脫著那件裂了縫的破大衣，一邊信口地唱著：

「王老五呀，王老五，
白白活了二十五；
衣裳破了沒人補，
阿呀呀，王老五！……」

真的，他已經是二十多歲的人了，依舊還是在過著那種孤家寡人的生活，每天，只在飯館裡吃著一客包飯，連襯衫上掉下一粒鈕扣，還得自己親自動手，把它縫綴上去。至於那「雙飛之願」，更是談也別談起。

最使他感到鬱悶的，自然就是那個戀愛問題：本來，他有一個知己的女朋友，就是前任清河司馬潘昉的女兒潘小姐。他倆雖然是分飛在兩地，可是，一向靠著郵差們的兩條腿，今天遞到一個湖色信封，明天又送去一個緋色信封，一封封的情書是接連不斷地在來往著。不料韋固對於這位潘小姐，正在如火如荼的熱戀中，忽然，對方卻不知為了什麼事，竟漸漸地和他疏遠起來了。起先是去了五封信，勉強還回復一封；漸漸地去了十封信，也只回復一張明信片來；最後，他寄出了三四十封信，結果，卻連影子也不見回過一個來。甚至連打了電報去，也一樣地如同石沉大海一般。

韋固受了這個打擊，也想學著那電影明星英茵的樣，來一套「總休息」的把戲；既而一想，一個人氣氣悶悶地睡在墳墓裡，空氣一點也不通，到底不如活在世上那麼舒適，因此，他就把這個念頭打消了。他只想親自去和潘小姐見一次面，把她決心要丟棄他的原因問一個明白。

很順利地把一張旅行證打出了，韋固便從他的家鄉杜陵，動身到清河去。他進行到半路上，因為要等候船期，便在宋城的那家城南旅館裡，暫時住了下來。

這正是農曆十三四的夜裡，一輪團圓的明月，從那 Lace 紗的窗簾孔中，射到房間裡，使這個孤獨的旅客，格外感到了無窮的悵惘，他那長久沒有發作的失眠症，便又開始來襲擊著他。

他把種種催眠的方法都做過了：不論閱讀一本怎麼乾燥無味的書本，或是閉著眼睛數一二三四……直數到幾千幾萬，終於沒有一些效驗，依舊不能睡熟。最後，他決計把衣服重行穿起來，打算走出旅館去蹓躂一會。

他不知不覺地，一會兒就走到附近的龍興寺前了。在月光下，他望到寺門口的石階上，正坐著一個白髮龍鍾的老人，他一邊拿著一本大而厚的線裝書在翻閱；一邊卻緊緊地挾著一隻大布囊，神氣是非常莊嚴的。

韋固覺得在這半夜三更，決不會有這麼一個人，到這樣一個地方來看書的，他便偷偷地走上幾步，瞥眼向他那本書上瞧去，只見歪歪斜斜地寫著一行行的字跡，既不是正草隸篆，也不是注音字母，更不是速記符號，韋固瞪著眼睛，看了半晌，卻連一個字也不認得，他忍不住地便對那老人問起話來。

「請問老伯伯，這到底是什麼文字啊？——我自問曾在東西洋各國留過幾年學，不論アイウヱオ，或是ABCDE……大都可以讀得出來，只有你這些蚯蚓似的東西，到底是些什麼玩意兒？」韋固指著那本線裝書。

「可惜，你沒有到陰國去留過學，這些陰國的文字，你怎麼會認識！」那老人顯著滑稽的笑容。

「英國？」韋固把陰國聽做那個「英掰里墟」了，「ABCD，我都讀得出來，我怎麼會不認識英國文字！」

「哈哈哈，你纏錯了，我說的陰國，卻是那個鬼國啊！鬼國，難道你也去過不成！」那老人笑得像一頭梟鳥在叫著。

韋固聽他說出「鬼國」兩個字，不禁有些毛骨悚然了。他想逃跑，可是，覺得有些不好意思，只得大著膽繼續地問他：

「那麼，你一定也是一個鬼了！」

「怎麼不是，我是鬼國裡一員官吏！」那老人得意地坦白陳述。

「呀，呀！……」韋固不能自持地顫抖起來。

「你別怕！你以為人和鬼是永遠隔離著的嗎？那是錯誤得太可憐了！」那老人又是一陣怪笑，「你要知道，平日在你的周圍，全是鬼魅，像刻薄鬼、勢利鬼、貪婪鬼、枉死鬼……等等，還有一批新發現的鬼，像囤積鬼、股票鬼、單幫鬼……你一天到晚和他們在一起，卻一直沒有知道，這有什麼可怕的！」

「哦，哦，哦！」韋固略微壯了壯膽，「那麼，你執掌些什麼職務呢？」

「我執掌的是人間的婚姻大事，不論新法老法，都得由我做主；凡是有姻緣之分的，全都記在我這本簿子上，否則，隨你怎樣努力向對方進攻，也結合不攏來的！」老人的笑容中，含著一些狡猾的成分。

「哦，真的嗎？那，我倒要問問老伯伯了：我曾經和潘司馬的那位小姐戀愛著，近來不知道為什麼，卻有兩個月沒有信給我了，我們的婚事，到底有成功的希望沒有？」韋固急切地盼待著老人的回答，暫時把人和鬼的界限忘記了。

「讓我查查看！」老人翻著那本厚厚的簿子，「不成功，不成功！那位潘小姐決不是你的太太。你瞧，這簿子上，記得比銀行的簿記還清楚：——你的太太，現在已經三歲了，她一定會披了兜紗，捧了鮮花，和你雙雙地去參加集團結婚的。」

「哼，我已經是二十多歲的人了，怎麼會娶這樣一個三歲的孩子來做妻子的？別說笑話，我決不相信！」韋固不住地搖著頭。

「信不信由你，這事實將來總會應驗的！」老人把他那本厚簿子合了攏來。

「喂，老伯伯，你這大布囊中，藏著的是什麼東西呢？」韋固覺得訕訕地，故意把這未婚妻問題岔了開去。

「赤繩子！」

「赤繩子，有什麼用？」

「凡是世界上有姻緣之分的，都得由我用赤繩子系住他們的腳，替他們拉扯攏來，才會成為夫妻，不論兩家是仇敵，或是貧富懸殊，即使是遠隔重洋的歐美各國，只要我的赤繩子一繫上，就是逃也逃不掉了！現在，你的腳已經和你未來太太的腳繫在一起了！你也不必三心兩意地再和別人去鬧戀愛了！」老人望著天空的月亮出神。

「哈哈，這倒是非常有趣的玩意兒！那麼，我的那個袖珍未婚妻，現在究竟在什麼地方？讓我好去找個奶媽來給她！」韋固也存心要和他吃豆腐。

「你以為我鬧著玩的嗎？——老實告訴你：你的那個正在吃奶的未婚妻，住家離這裡並不遠，就是北首陳姓種菜人家那個老太婆的女兒啊！」

「你能使我見她一見嗎？」

「有什麼不可以！那陳老太婆，每天總是抱著她，到這裡來賣菜的，停一會，她來了，我指給你瞧，就是了！」老人自管自地繼續在翻閱他的那本簿子。

天上，漸漸地發著魚肚白色了，趕早市的行販們，陸續地挑著擔子，打龍興寺前經過，一齊向小菜場上趕去。韋固坐在石階上，等著，等著，可是，那個賣菜的老太婆，終於不見影蹤。

那老人似乎也等得有些不耐煩了，他把那本厚厚的簿子收了起來，並且，一手拎起那只大布囊，預備走路了。

韋固心裡正在惱恨，以為那老人白嚼了一頓蛆，倒自由自在地想逃跑了，一時哪裡肯放鬆他，便不聲不響地跟在他後面，一直向小菜場那邊走去。在那角子上，果然有一個獨眼龍的瞎老太婆，拖著一個面黃肌瘦，拖著鼻涕的三歲光景的女孩子，身上更是補綴得像件百衲衣似的。

「喏，這就是你的未婚妻啊！」老人指著那個女孩子。

「哼，這樣一個骯髒的小鬼，即使一生一世沒有見過女人，也沒有這樣的胃口，和她睡在一起。說句笑話，要是半夜裡溺一場尿，我那席夢思的床墊，野鴨絨的被窩，不是都糟糕了嗎？」韋固只是冷笑著。

「一個姑娘十八變，臨上花轎還要變三變——現在雖然不通行花轎了，但是，結彩的汽車，總是有的，我們不如改為『臨上彩車』吧！現在你瞧她是一個髒丫頭，哼哼，再過十四年，你怎麼知道她不會變成一個摩登姑娘？那時候，或許你緊緊地跟在她屁股後面追求著，也追求不上呢！哈哈哈！」老人又來了一陣大笑。

「別多煩！我瞧著她那鬼相，就會生氣，看我要了她的命再說！」韋固從口袋裡掏出一把德國貨的削鐵如泥的小洋刀，猛然向那小女孩刺了過去。

「啊，這瘋子，怎麼殺人了！」

「捉兇手，捉兇手！」

「這小女孩，難道和他也有仇恨嗎？」

「捉兇手，捉兇手！」

一霎時，全市人聲鼎沸，有的在喊叫，有的在議論，有的以為發生了什麼變故，拼命地四散逃跑。韋固趁著這騷擾的機會，忙向人叢中鑽去，居然被他混了過去。那個老人，卻也就在這時候不見了。

一會兒，員警打電話把救護車喊來了，只聽得那些看熱鬧的人在紛口奴著：

「那小女孩刺死了嗎？」

「還好，不過受了一些傷！」

「傷在那裡？」

「聽說是在眉心裡！」

「可惜那兇手給逃跑了！」

發生了這場事變，韋固雖然還是雄心不死地趕到清河地方去找潘小姐，可是，他的戀愛終於失敗了，那位潘小姐早已給一位有財有勢的暴發戶，攫奪了去藏在三層樓的洋房裡了。

韋固沒精打采地回鄉，默默地消磨了十四個年頭，終於找不到第二個愛人。他父親看他終日憂鬱地守在家裡，生怕會害病起來，便寫了一封介紹信給他的老朋友，那個相州刺史王泰，叫韋固到他那裡去找些工作做。幸運得很，這刺史衙門裡，這時候正缺少一個承審員，因此，韋固便順利地得到了這個職位。

他每次審問囚犯，都非常公平正直，每一宗案卷，也處理得有條不紊。漸漸地，王泰也看出他是一個幹練的人才，便挽出人來說媒，願意把他那個十七歲的女兒嫁給他。

韋固在刺史公館裡，常常看到這位小姐，她那婀娜的姿態，嬌豔的容顏，每當花晨月夕，未始沒有打動過他的心，可是，癩蛤蟆哪敢存著吃天鵝肉的想頭，他只是當她是件天地間獨一無二的藝術品，不時的欣賞一會罷了。不料，出於意外地他居然聽到這樣一個好消息，當然是興奮得幾乎發了狂。

舉行過了訂婚儀式，接著，便置辦了摩登房間木器，準備享受「洞房花燭」的滋味。

是一個花好月圓的良宵，那些鬧新房的賓客們剛陸續散去，韋固在那盞一百隻光的迴光電燈下，偷眼瞧著他那位渾身布滿曲線美的新夫人，不覺暗暗地欣喜著。他想：「天教我挨到這樣大的年紀才結婚，原來正在等待這位天仙的慢慢長成！」

那位新夫人，好像也知道他的心事似的，不覺向他嫣然一笑，這一來，更使韋固有些忍不住了。

「哈，時候不早，我們可以安息了！」他試探似的首先開了口。

「是的，讓我把這隻西姆手表收藏好了！」新夫人走近了梳粧檯邊。

「啊，Darling！」韋固不怕肉麻，開始給他新夫人一個這樣親昵的稱呼，「我常常瞧見你，把前額的一縷秀髮，一直掛下來遮住了眉心，美，固然增加了幾分，可是，老是這樣似乎太少變化了，讓我來替你另外梳一種式樣，像那幾位銀壇上閃爍之星一般的，好不好？」

「不要，不要！我哪裡配做電影明星！」王小姐固執地用右手壓住了眉心。

「這又不是什麼祕密的事，何必這樣著急！」韋固趁勢趕過去，拉住了她的纖腕。

「你別鬧了，我老實告訴你：我的眉心上，的確有一個祕密，所以要借重這縷頭髮，把它掩蓋起來。現在，我反正是你的人了，遲早總會給你知道的。」王小姐掀起了那縷額發，給她丈夫瞧著，「我的眉心上有著這樣一個缺陷，也許你會因此不愛我，另外去和什麼交際花租小房子了吧！」新夫人笑嘻嘻的臉兒，突然變得慘慘淒淒了。

「啊，是一個刀疤！這正像一隻乾隆窯的花瓶上，打了一個小小的缺口，多麼的可惜，可是，你怎麼受傷的——我過著這許多年的獨身生活，不致為了這一點傷疤，減少了愛你的熱情，請你把這疤痕的來歷，說給我聽聽看！」韋固誠懇地請求她。

「我先得向你說明：這裡的刺史，實在不是我的爸爸，卻是我的叔叔。從前，我的爸爸做過宋城縣長，他和我的媽媽，都在任上染了時疫死去的。那時候，我剛出世，由我的奶媽陳氏，帶我到她家裡，靠著種些蔬菜出賣，才養活了我！」新夫人說到這裡，忍不住珠淚潸然，咽哽得有些說不下去，「後來，……後來，在我三歲那年……有一天……她抱著我，上小菜場去，忽然，給……一個瘋子刺了一刀……幸虧，受傷不重……現在，卻還留著這樣一個疤！……直到八年以前，我的叔叔，因事經過宋城，訪得我的蹤跡，……才把我接了回去，當做了自己的女兒！」

「哦，哦！那個陳氏奶媽，是不是一個獨隻眼的老太婆？」韋固記起十四年前的一幕。

「是的，一點也不錯，你怎麼會知道的？」新夫人閃著驚奇的眼光。

「那……那個瘋子，就是我啊！」韋固坦白地承認著。

「嗯，我不相信！你為了什麼事會發瘋？」

「並不是真的發瘋，讓我把原因告訴你！」

接著，韋固就把十四年前在宋城的那段故事，像話劇導演講述一個腳本那麼的詳細說了出來，並且誠懇地向她道歉。

「這是我一時的魯莽，險些喪了你的生命，我愛，你能原諒我嗎！」

「呵，真有這樣的奇事？那麼你替我置備著的這些東西，到底配不配我享受呢？」王小姐指著那張新買的銅床和鴨絨被，「你要知道，我就是十四年前那個拖涕的髒小鬼啊！」

「Pardon Me Dear！」韋固嘻皮涎臉地給了他新夫人一熱吻，「過去的事，請你別再抓我的腳底板了。」

他倆在極度的愉悅中，一同出發，到山明水秀的杭州西湖裡去作一次蜜月旅行。有一晚，他倆正蕩著一隻小划子，經過白雲庵附近，只見在月光下，坐著一個老人，抬起了頭，彷彿對著這輪明月在噓唏著。

「啊你瞧，那個老人，一定的，一定是我十四年前在宋城看到的那個月下老人！」韋固這樣喊了起來。

「真是他嗎？我們的結合，既然全靠他的赤繩子拉扯攏來的；我們應該上岸去謝謝他才是！」王小姐立刻吩咐船夫把劃子靠了岸。

他倆剛離開了劃子，那個老人也已經瞧見了他們，他慢慢地站起來，迎著他倆踅了過來。

「密司脫韋，十四年前的話，現在不是應驗了嗎？哈哈哈！」老人又來了一陣梟鳥叫聲似的大笑，「可惜為了你一時的氣憤，損壞了你太太的面貌了，哈哈，還是讓我介紹你到〇氏美容院裡去修補一下吧！」

「老伯伯，別取笑了，你的恩惠，我們是永遠不會忘記的！」韋固和他的太太，一同向他鞠躬。

「你們別恭維我了，靠著我的能力，把一對夫妻拉扯攏來，能夠這樣相愛著的，也只有像你們這些老實人罷了！——現在，時勢不同了，你們瞧，多數的年青人都講究一個自由，他們的結合，男的目的只在一個『色』字，不論舞女也好，電影明星也好，甚至連嚮導女也好。女的呢，目的只在一個『錢』字，也許還沒有結婚，就注意著一筆贍養費的收入了。因此，他們今天剛和這個人同居，明天又和那個人交換了指環。雙方玩得厭煩了，只要到律師那裡去簽個字，刊一條廣告，就可以拆散。離合隨心所欲；真比抽一支黑市香煙還便當！」那位老人氣惱得連胡髭也翹了起來。

「老伯伯，那麼，你的那本姻緣簿和一大囊赤繩子，到哪裡去了？」韋固不住地在他身邊打量。

「我，我不幹了，我打算要辭職了，讓那喬太守去亂點鴛鴦譜，還用得著我的姻緣簿和赤繩子嗎？我早把它們丟掉了！」那個月下老人苦著臉這樣訴說。

「老伯伯，你別懊喪！一般摩登人物雖然用不著你了，可是還有一般用老法結婚的，像我們這些人，永遠是擁護你的，你還是繼續努力你的工作罷！」韋固和他那位嬌小的太太，這樣懇求著。

「不行，不行，赤繩子是繫不住他們的腳了，讓我準備好了黃金鑄成的帶子，或是鑽石鑲成的鏈子，再來執行我的職務就是了！」

那老人說著，忽然向前面一間屋宇中走了進去，就此隱沒得無影無蹤了。韋固抬頭瞧去，只見屋簷下掛著一塊匾額，上面綴著五個金字是：「月下老人祠」，兩邊各有一條聯語，隱約地看得出原來的字跡是：「願天下有情人，都成了眷屬」「是前生鑄定事，莫錯過姻緣。」現在卻改成「開兩張鳥支票，婚姻憑買賣」「任一群狗男女，離合講自由。」

他倆面對著這座月下老人祠，不禁寄與無窮的感慨。

三三・三・十五，於秋長在室

（《小說月報》第四十期，一九四四年四月十五日，署名「柏悠」）

今之齊人記

「一片陌頭楊柳色，近來又見綠鬖鬖。」

雖然沒有教夫婿去覓封侯，可是，那齊人的一妻一妾——兩位少婦——因為鎮天的見不到她們的「黑漆板凳」的面，對著這撩人的春色，也不免有些感動了。

「妹妹，我總想不透，他每天一清早出門去，既不在寫字間裡工作，又不上市場去搶帽子，這樣忙忙碌碌的，到底在幹些什麼勾當？」齊人的大太太，情不自禁地向小太太這樣提了一句。

「他，自然還在忙他的老花樣，左右不過是玩玩舞場，跑跑賭窟，他，還做得出什麼好事來！」小太太一聽得說到她們的丈夫，便生起氣來。

「哼哼！」大太太冷笑了兩聲，「現在不是從前了！你是知道的，他不但把手裡所有的股票都出了籠，而且，連我們那個大舞臺——一張唯一的鐵床，也被他賣給舊貨商行裡了，他哪裡還有能力跑進這些 Waste Money 的場所中去！即使不說這些，你只看他身上拖一爿掛一片的，那些地方的 Watch Man，會放他進去嗎？何況，聽說從四月一日起賭窟已經一律停閉，他想去，更是不可能了！」

「那麼，他鎮天的到底待在什麼地方？——姊姊，你曾經問過他嗎？」

「怎麼沒問過？可是，他每次總是說：正在謀劃一件極偉大的事業，將來保險有整捆整箱的鈔票，可以賺回來。只是，現在還沒有成熟，天機不可洩漏！——你呢，你可問過他沒有？」大太太望著小太太那件破布衫上的大窟窿，兀自發怔。

「他，對我也是這樣說的，我卻正在替他擔心：會不會像〇〇旅館裡破獲的那起冒充軍官案？他莫非結交了一批歹人，也在圖謀那種犯法的勾當？」小太太瞪著一雙媚眼，表演了一個驚駭的鏡頭。

「那你不用著急！你瞧他那種猥猥瑣瑣的樣子，像不像幹這種事情的人？老實說，他要是有這樣大的膽量，老早就可以得意了！」大太太根本不把丈夫放在眼裡。

「姊姊，我們倆都是一生一世依靠著他的，當然希望他，有一天能夠飛黃騰達的；至少，要像對過高房子裡的那位局長老爺一樣，住的是洋房，坐的是汽車，就是他的幾位太太，也全是脫套換套的，每天仿佛在表演著時裝比賽，那真是在過著神仙一般的生活！我們，只要能及得她們千百分之一，也就不枉苦了這一場。」小太太說得精神抖擻的。

「算了罷！你難道沒有聽到消息，對過那位局長老爺，最近因為採辦軍米舞弊，早在雨花臺上送了命，他的幾位太太，也都是形單影隻地變成了可憐的寡婦，你難道也願意過這種淒涼的歲月不成？」大太太顯出了一面孔的尷尬相。

「我只要有鈔票，就是做寡婦，比較跟著這個連戶口米也買不起的窮光蛋，總要強些！何況，現在女人經營商業的正多著，像那些電影明星，有的開時裝公司，有的開飲食鋪子……，我有了錢，也可以獨力經營一些商業，哼，哼，那些臭男子，可以抓一把來揀揀，還怕……」

小太太的話還沒說完，只聽得閣樓下那架了榫的扶梯，發出格吱格吱一陣響，首先衝進了一陣令人欲嘔的酒臭——這仿佛是那位齊人先生的開路先鋒，在這陣惡臭以後，跟隨著，便有一副搖搖晃晃，骨瘦如柴的身軀，塞進門來。

他穿著的是一件人字呢的破洋服上裝，除了那些大大小小的窟窿以外，還布滿了各式各樣的汙漬；下身穿著一條由白色變成了深灰色的破短褲，而且還扯掉半隻右腳管；腳上，一隻是沒有後跟的黑布跑鞋，一隻是脫了底的舊棉鞋。頭髮雖然養得三寸來長，幸而襯著那張被酒精染得紅噴噴的臉，倒還不致顯出怎樣的寒乞相。

那齊人走進了閣樓，便大模大樣地在一張斷了靠背的竹椅子上一坐，照著平日的老規矩，嚷著道：「我頂不歡喜喝那外國酒，一瓶 Pommery，現在價錢雖然貴得駭人，但是，那些有錢朋友，還是覓寶似的，去向囤戶手裡購買了來，嘗嘗味道，其實，還不如國產的茅臺酒實惠。……唉，唉，我今天又喝多了，口燥頭昏，快快，給我釅釅地泡一杯茶來！」

他的兩位太太，平日，就給他使喚慣了的，一聽到他的命令，誰也不敢怠慢，一個忙提起那把積垢焦黃的缺嘴破茶壺趕下樓，到老虎灶上去泡開水，一個便找出那個用來代替茶杯的舊香煙罐子來。

一會兒，開水泡來了，大太太就替他斟上了半罐子，瞧著他一口氣喝了下去，他才歪歪斜斜地站起身來，向著那個地鋪裡一倒，蹺起了腿，自管自地哼起那首流行歌曲〈莫忘了今宵〉來。

在往日，他回家來，多少總帶些吃的東西，給她們填填肚腸角，這天，卻連一塊最起碼的餅也沒有。那位大太太聽著他這樣逍遙自在地獨樂樂著，不覺把心頭的饑火和怒火，一齊引了上來。她搶上去把屁股向那地鋪上一坐，推搡了齊人一下：

「你倒快活！每天吃得酒醉飯飽的，全不管家裡的人，是怎樣在挨著日子！你既然連一個家主婆也養不活，為什麼偏偏還要霸占著我們這一雙，不讓我們到外面去找尋一條活路？──前些日子，不是有人介紹我到醉月樓大飯店去當侍應生嗎？要是你肯答應，放我出去，我又何至於蜷伏在這三層閣裡餓肚皮！」

「真的，我當初也好好地在春柳嚮導社當社員，每天只要出幾趟卡，就可以安安穩穩地吃飽穿暖了，不知道怎麼鬼碰了頭，被他花言巧語地騙了出來，還說是救我脫離火坑，誰料到，竟把我送進這個糞坑裡──啊，你嗅嗅看，馬桶臭，痰盂臭，汗酸臭，樓下薰上的煤煙臭，……再加上一陣陣的酒臭，不是比糞坑還複雜嗎？我在火坑裡，並沒有被烤死，現在落在你這個糞坑裡，倒差不多要淹死了。哼哼，你別假癡假呆，你要是再這樣天天讓我餓著肚子，我是不能再容忍下去了，不如仍舊讓我回到那個火坑裡去。隨他給火燒死了也好！」小太太撅起了那張沒有血色的小嘴，等待那個酒醉鬼的回話。

「哦，哦，哦，我忘記了，我今天有許多好吃的東西帶回來，你們既然肚子餓了，何不早說！」齊人伸手向那破洋服的口袋裡一陣掏，果然掏出了幾個紙包來，「快快拿去，分著吃了罷！我，我實在喝醉了酒，懶得替你們一包包地打開來了！」

「這些是什麼食物啊？」大太太接過了幾個紙包。

「我也不知道是些什麼東西！」齊人說著，繼續哼他的〈莫忘了今宵〉。

「怎麼自己買來的東西，會不知道的？」小太太望著那幾個紙包咽唾沫。

「我，我哪裡用得著花錢去買東西！剛才經過異味食品公司門口，卻好給那位經理先生瞧見了，他便將我硬拉進去，噓寒問暖地討好了一陣。臨走的時候，他叫夥計包了這許多撈什子，拼命地向我的口袋裡亂塞，誰知道他送我的是些什麼東西？」

「管它什麼東西！肚子餓了，打開來吃就是了！」小太太迫不及待地搶過一個紙包，立刻在一邊把紙頭扯去了一些。

「什麼，好像是一種什麼糖！」她表示著懷疑的態度。

大太太猶如一頭餓極的貓兒，看見了魚腥一般，伸手再從小太太手裡搶了回來，「管它什麼糖，吃了再說！」

她挖出一塊灰白色的東西，就向嘴裡塞去。

「啊啊！……呸呸！……」她接連吐了幾口唾沫，「是什麼味兒，這樣又澀又鹹的……哼哼，窮鬼，你別是拿了毒藥回來，想毒死老娘罷！」

「哈哈，你又不是該著千萬百萬的暴發戶，我要毒死你幹麼？」齊人躺在地鋪上只是冷笑。

小太太這時候暫時和大太太站在同一戰線上的，自然不容坐視，她忙把紙包完全打開，檢查了一下，「是什麼糖？是什麼毒藥？這明明是洗衣服用的城塊啊！」

「我們餓了一天肚子，腸胃裡早就沒有一些積食了，你為什麼還要用這城塊來給我們清除一下？」大太太向被窩裡的齊人瞪了一眼。

「我……！我……！實在不知道，紙包裡是什麼東西？」齊人心虛地囁嚅著。

「啊，一瓶『來沙爾』，這倒好，我一家人拿它喝了下去，一定永遠不會鬧饑荒了！」

「哦，這是多麼好的食品！……」一盒水彩畫顏料，你倒有這樣的閒情逸致，預備學習繪畫嗎？……哦，哦，人家說的『畫餅充饑』，莫非打算畫起幾個燒餅來給我們當晚飯吃嗎？」

大太太和小太太一包一包打開來，一次一次地只是失望，因為，紙包裡所有的，全不是醫治她們饑餓的對症藥。她們真不懂，那位經理先生，為什麼盡拿這些不倫不類的東西送他。大太太正想問：「異味食品公司，難道是專門賣這些異味的嗎？」同時，那位小太太又在紙包裡揀出一個小洋鐵罐子來。

「這裡或者有些好吃的東西罷！」她說著，就動手想把它揭開來瞧瞧，可是，那蓋子實在蓋得太嚴密了，憑她怎麼用力地左旋右旋，老是連動也不動一動。立刻，大太太有些忍不住了，「讓我來！」她把那小洋鐵罐子奪了過來，對準了，把那蓋子擱在桌子邊上敲了兩下，「咚」的一聲，那蓋子居然和罐子脫離了關係，不提防，罐子略一傾側，裡面便有一些粉末似的東西，全倒了出來，灑滿了一地；再從地上飛揚起來，布滿了一屋子。

「啊……啊……啾！」大太太首先打了一個噴嚏。

「啊……啾！……啊啾！」小太太也跟著打噴嚏。

「啊啾！啊啾！……」連睡在地鋪上的齊人，也接續不斷地打噴嚏。

自然，他們同樣嗅到了那股氣味，大家一致公認，那是一罐來路貨的胡椒粉。

「我倒要問問你：那異味食品公司的經理，和我們到底有什麼過不去，卻要拿這些異味來給我們嘗嘗！」大太太指著那被刺激出來的眼淚，憤憤地說。

「那……那……那我卻不明白了。明天，你們等著瞧，我一定喊一班老朋友去給他一些顏色瞧瞧。哼哼，他竟敢向老虎頭上來抓癢，那還了得！」齊人也裝作氣憤憤地，「要不然，我只要去和員警署長講一句話，眼看著那家公司，便會長期打了烊——真的，剛才我和那位署長同席喝過酒，豁過拳，這一點交情，我想他不至於不賣給我的！」

「今天你又在哪裡喝了酒？我真不懂，怎麼天天會有這許多人請你吃喝？我知道你所結交的，左右不過是一批癟三朋友，從哪裡又會憑空鑽出一個員警署長來！」大太太一邊說，一邊扁著嘴。

「你別小覷了我，你以為我自己窮了些，連我的朋友也都是癟三了，其實，我身上雖然穿得破爛，可是，我的身份並不怎麼低微，我的學問，也是誰都佩服的。你自己沒有到過西天，哪裡看見過佛面，第一個，我們齊國的首相王老先生王驩，他和我就是從小的同學，隨他現在怎樣的闊綽，威風，他見了我，卻還是非常的親熱。前些日子，他家裡雇到一個著名的大菜司務，便死拉活扯地邀我到他那裡去嘗嘗那味拿手的王家Salad，喝的是現在市上已經斷了檔的常納華克。當我們吃喝到酒醉飯飽的時候，他曾經竭力地勸我：不要再一味地講清高，有了真才實學，應該出來為國家做些事。只要我答應一聲，明天他就可以把任命狀送給我。而且，不論哪一種職位，都可以任我揀選。哼哼，這些印把子，有多少人靠著金錢魔力，靠著裙帶關係，都謀也謀不到的啊！」

「別這樣嚕嚕蘇蘇了，他既然好意叫你出去做官，你到底怎樣回答他的呢？為什麼那張任命狀，到現在還不見送來？」大太太焦急地等待他的回答。

「哈哈，太太，你難道還不知道我的性情，我一向是散淡慣了的，自由自在，好比一個活神仙，哪裡受得了官場中的束縛——今天召集會議，明天進謁上峰，後天宴請地方紳董——我當然拒絕了他。哪知道這一來，他卻格外地看重我了，他讚譽我的氣節高超，款待我，也格外地有禮貌了！」齊人說得口乾了，隨手再端起那個香煙罐子，喝完了那剩餘的白開水。

「唉，算是我們倆倒楣，嫁了你這個專門講氣節，講清高的男人，到底你這種氣節，能賣多少錢一斤？我也不想能像黑市杜米和煤球那麼值錢，只要能賣到草紙一般的價錢，那麼，今天拿一些氣節出去變賣幾百塊錢，明天再拿一些氣節出去掉換幾千塊錢，我們姊妹倆還用得著愁肚子餓嗎？」小太太突然出於意外地插了這一段俏皮話。

「這些話，和他講就等於白說！——他自己天天酒醉飯飽，哪裡知道別人還癟著肚子！不過我想，天天老是到王公館裡去打攪，這位王丞相雖然不在乎這些，但是，給他們那些僕役們瞧在眼裡，似乎有些不大像樣！何況，他身上的皮子，又是這麼的襤褸！」大太太滿臉露出悻悻的顏色。

「你，別給我瞎費心思了！我所來往的，又不止一個王丞相，就是當今那位太子，也常常派了汽車來接我到宮裡去玩；更有那位駙馬爺淳于先生，他是一斗亦醉，一石亦醉出名的好酒量，因此，也三日兩頭的邀我到他府上，跟他猜拳行令。他的那位太太，雖然是金枝玉葉的正牌公主，但是，倒也當我自己人一般看待，和我們同桌吃喝，有一次，她喝醉了，還從我手裡，搶過半截前門牌去抽，全不像一般娘兒們，那樣扭扭捏捏的！」一齊人說得高興，頓時記起剛才拾來的那個香煙屁股，便一骨碌坐了起來，忙向口袋裡一陣掏，「可笑一般人的眼睛真太小了，他們看見一位丞相，一位駙馬爺都來和我打交道，於是，人人學樣，一窩蜂似的，都要來和我親近了：第一個是那大夫莊暴，有一天，我在大馬路電車站等車子，齊巧，他坐著那輛新買的雙座位三輪車，打那裡經過，一見了我，忙跳了下來，將我硬拉上車去，一會兒，就到了他家裡，他的妻女，正拉開了桌子在等待他，他們卻好是三缺一，便把我湊上，搓了一場無奇不有的新法麻將。這一來，那些政府裡的同僚，像陳賈啊，孔距心啊，……一個個都要援以為例，不是被這個邀去喝酒，就是被那個拉去打牌，還有那位蚳蛙先生，也曾經請我到嬌嬈舞廳去玩了一個通宵，可是我卻嫌他究竟是個告老的政客，哪裡比得上那些現任官的闊綽！其中，和我最親近的，當然要算匡章，盆成括，和景醜，他們硬要和我拜把子，可是，論起年紀來，他們又都比我小，所以，我又做了他們的老大哥了！——哈哈哈！」一齊人用了這一陣得意的笑聲，來結束了他這一大段牛皮。

大太太不知不覺地居然首先被他麻醉了，她聽得自己的丈夫，有著這麼許多有財有勢的闊朋友，霎時間，連肚子饑餓這件事也忘記了，不由得不肅然起敬地問他道：「那麼，今天你又和哪一班人在吃喝呢！」

「今天嗎？今天我正在午朝門外，和那些朋友們在談閒天，忽然聽到一個消息，說公行子的母親，昨晚患著腦膜炎症過世了，因此，大家便拉著我，一同帶了一個大花圈，趕到殯儀館裡去祭奠了一番，回來的時候，胡齕那小子，又硬拉著我們，到他家裡去嘗嘗他太太親手做的奶油蛋糕，陳戴聽說，卻爭著道：『我家裡，今天剛買到了一些來路貨的咖啡，還是到我那裡去喝一杯罷！』這叫我們左右為難了，結果，終於由他倆合夥請客，在國際飯店大規模地吃喝了一頓。因此，回家來這般遲了。」齊人說到這裡，本來可以告一個結束了。

不料，一個抗議聲音，又鑽進了他的耳朵：

「你這樣忙，到底要到什麼時候，才能夠空閒下來，替我們把民生問題解決一下呢！」小太太的肚子裡，真的在咕嚕咕嚕地叫。

「我，哪裡有空閒的時候，就說明天罷，早有十七八處的請帖送來了，有的在新都，有的在康樂，有的在華懋……這些地方，我都不想去應酬，可是，幾個知己朋友約會好的一個 Picnic，我是無論如何要去參加的，何況，那地點又在離我們這裡不遠的兆豐公園裡！」齊人好像早已打好了草稿似的，說得非常順口。

妻妾倆被他這麼一挑逗，不期他又引起了一些倖倖心，她們同樣地在想：要是丈夫真有這麼的手面，還怕沒有發跡的一天！現在，他雖然交著暮庫運，不願把什麼部什麼院的證章掛到衣襟上去，將來卻總有一天，時來運轉，只要有一個人提拔一下，自然就可以住洋房，坐汽車了。因此，這一　那，從她們眼裡看出來，這個窮極無聊的漢子，仿佛變了一個西裝筆挺的大人物。她們對著他，哪裡還敢怠慢！兩個人便一齊眉歡眼笑地加意奉承著他。

大太太瞧著齊人呼呼地睡熟了，她卻越想越有些疑惑起來。她輕聲地對小太太說：「他剛才說出來的那些朋友，他們的名字，的確常常在報紙上用大號字刊載出來的，可是，我卻不懂，在這個勢利到了極點的世界上，怎麼還會有這許多不拘於貧富階級的闊人，即使這些都是真的，那麼，為什麼從來沒有看見一個闊人到我們家裡來過？反正，明天我要替隔壁嫂嫂帶些香煙、肥皂和火柴，到城外去，我想等他出門的時候，不妨暗暗地跟在後面，瞧他一個究竟！」

「準這樣辦吧！今晚時候不早，我們還是睡覺罷，以便明天可以早些起來！」小太太說著，仔細聽聽那破被窩裡的齊人，早又在那裡說著夢話：

「運道真好，接連吃喝了好幾處！……酒和肉雖然是冷的，味道倒還算不錯！」

妻妾倆聽他這樣說，以為這幾天真的在外邊有吃有喝，生活很是富麗，她倆連自己餓肚子的事也忘記了，竟是安心樂意地跟他入了睡鄉。

一霎時，那位大太太心神恍惚地，好像從破被窩起來，正在那只裝戶口米的餅乾罐子裡，不住地撈摸著；哪知，這裡面卻是空空洞洞的，連一粒蓖草子也找不出來。

她正在著急，忽然聽得那灶披間的阿姨，氣喘吁吁地趕上三層閣裡來報告：「閣樓上嫂嫂，你還在這裡撿米？你家先生，已經做了官呢，這時候，正派了當差和僕婦們來接你；你快去瞧瞧，門外停著那輛一九四五年式的流線型轎車，多麼富麗堂皇！嫂嫂，你快把這米罐子拾掇好了，別被那些男女僕人瞧見了，怪不好意思的！」

大太太聽說，忙往樓下跑，到了後門口，真的看見那裡停著一輛新式大汽車，幾個當差模樣的人，走上前來，恭恭敬敬地鞠了一個躬，喊了一聲「太太！」然後說：「咱們奉了老爺的命令，特地來迎接兩位太太的！」同時，旁邊又轉過兩個僕婦來，手裡提著兩隻皮包，也很恭敬地：「太太馬上就動身吧？快到裡面去換衣服！」

她們不由分說地把她擁進了三層閣，打開手提皮包，取出一件最新式的綢旗袍，一件短大衣，還有綢襯衫，絲襪……等，都替她換上了。她偷偷地在那積滿灰塵的玻璃窗上照了一照，覺得自己頓時變成了一個像李麗華那麼一類的漂亮女人了。

她正想找著那位小太太，一同上汽車去，不料，窗外突然傳來一聲大喉嚨，喊著：「馬桶拎出來！」她被這喊聲驚醒了，指了指眼睛，仔細向旁邊瞧去，卻正和她丈夫，一同蜷伏在那個破被窩裡——她這才明白是做了一個好夢。暗想：「要是真有這麼一天，起碼還得向他要一隻阿美茄手表，和一只五克拉的鑽戒。」因此，她對於身邊這個叫花子似的男子，又發生了一線希望了。

不一會，那齊人也醒過來了，他們便各自披衣起身，照例，他是大模大樣地要洗臉水，要漱口水，……等到他盥洗完畢，才踏著大步，跨下閣樓，出了巷堂，直向馬路上走去。

大太太瞧著他一出門，自然是來不及地在後面緊緊地跟定了他，悄沒聲地窺察他的動靜。

她不敢和他靠得太近，只怕給他發覺了；也不敢和他隔得太遠，只怕迷失了他的影蹤。她就這樣藏頭露尾，不即不離地跟到了市中心區。

在那裡，車如流水馬如龍，大部分都是社會名流，政府要人，那位大太太想：他們見了她的丈夫，至少總得和他招呼一番的，哪知，他碰到了這些車馬，卻只有避在一邊讓路的份兒，別人高坐在汽車裡，或是騎在馬上，連正眼也不向他瞧一瞧。一會兒，一輛電車駛近過來，那齊人來不及避讓，險些給撞倒了，那開車的非但不向他道歉，反而向他破口大　：「癟三！……豬玀……你戶口米吃膩了，想換換生肖嗎？……」齊人卻連回罵一聲的膽量也沒有，連忙退在一旁，恭聆他的惡罵。

他一直穿過了市中心區，在住宅區一帶，排列著多少高大的洋房，差不多所有的闊人公館，全集中在這個地方。齊人的大太太心裡好不快活：大概他就要去按著某一家門上的電鈴，進去拜訪那主人了。但是，當他打從一家家的門口經過時，依舊是急匆匆的，何嘗抬頭望一望。

大太太一逕跟他出了東郭門，腿也有些酸了，又想：城裡的那些闊人們，他全不去拜訪他們，卻到這東門外來幹什麼呢？不知怎麼的，她突然記起：他昨晚上不是說過，今天要和幾個知己朋友，舉行一個Picnic嗎？也許，他們約會的地點，就在這東門外吧？——可是，仿佛曾聽他說是在兆豐公園啊！

她跟著他又走了一段路，忽然從前面傳來了一片人聲，原來那裡有一座闊人的祖墳，這天卻逢清明佳節，那做子孫的，便帶了酒菜，特地到墳上來祭掃。同時，那齊人也早已望見了這情形，他頓時興奮得發了瘋，眼睛不住地瞧著那裡，嘴裡卻流著饞涎，立刻從口袋裡掏出一個粉筆頭，隨手向臉上塗抹了一下，一邊又拔了一些野花草，做成了一個圈兒，就向頭頂上一套，急急地走到那座墳前，兩手一拍，代替了一副鼓板，竟是拉開了破竹般的喉嚨，一邊跳著舞，一邊叭喇叭喇地唱起蓮花落來：

採採花兒開，
一個一枝蓮花，
今朝天氣實在不壞，
兩枝花兒開，
花開來蓮花落，
一齊落蓮花，
處處墳上紙灰飛得白皚皚。
三枝花兒開，
三個三枝蓮花，

祖上積德才有好後代。
四枝花兒開，
花開來蓮花落，
一齊落蓮花。（裝狗叫）……！

唱了一會，突然在墳前跪倒，叩了幾個頭，然後向那掃墓的人喊了一聲「大老闆」，懇求著道：「請你做做好事！我唱得口乾舌澀，可不可以賞一杯殘酒，讓我解解渴！」那位大老闆向他望了一眼，就吩咐僕人，把祭過祖宗的一壺紹興酒，添上兩塊肥肉，兩個饅頭賞給他吃喝。

齊人狼吞虎嚥地吃喝完了，似乎還嫌不夠，齊巧前面另一個墳上，又有一班人來祭掃了，他便抹了抹嘴巴，又急急地趕到那邊去，照樣地做了一遍，自然又騙到了一些酒食，儘量地享用了一頓。

他的大太太卻瞧得十分清楚，才明白他所說的天天有闊人請他吃喝，原來那些康樂酒家新都飯店……等等，全搬到這荒野的墳墓間來了。她暗暗地罵一句：「殺千刀！」一頓時一陣心酸，把昨晚上所有的希望，全消滅乾淨了。那齊人卻不知道自己的西洋景已經拆穿，還是蹲在那張祭桌下面，啃一根肉骨頭。

她眼看著自己的丈夫，做出這種下流的行徑，真是又羞又恨，又氣又惱，一時間咬牙切齒地真想趕過去和他拼命，既而一考慮，覺得那附近一帶，上墳的人這麼多，要是鬧壞起來，徒然引人笑話，何必一定要演這一幕趣劇給人家瞧！她這樣想，便把一肚子羞憤之氣，壓抑了下去。

直等到齊人吃喝得肚子裡裝不下去了，他才跑到城腳根邊，把那頭上的野花草，揪了下來，然後在護城河裡，把臉上塗著的白粉洗去了，才自言自語地說道：

「今天的工作又完結了，該早些回家去，在她們前面擺擺闊氣罷！」

他得意揚揚地走進了城門，他的太太連隔壁嫂嫂託她帶的東西也忘記了，一逕悄悄地跟在他後面，跬步不離。一轉眼，不知不覺地又回到了市中心區；當他剛走近那家老大房的時候，齊巧從裡面走出一位穿西裝長褲的小姐來；她鼻子上架著一副深度的近視眼鏡，手裡提著一包糖果，不提防，她的皮鞋腳一跨出店門，那齊人眼疾手快，一把就把它搶奪了過去。

「捉癟三！捉癟三！」

那位小姐雖然聲嘶力竭地在喊著，但是，那齊人卻不顧一切地只向前奔跑，一會兒，便跑得無影無蹤了。

跟蹤著他的那位大太太，眼看著這套把戲，不但增加了傷心，而且恍然地覺悟到，昨天他拿回來的一包堿末，一瓶「來沙爾」，一盒水彩顏料，一罐胡椒粉……全是用了這個方式去搶奪來的；他卻還騙人：是什麼食品公司經理送他的。可見他所說的那班闊朋友，也不過是一種煙幕罷了。

她也不管丈夫有沒有被人抓住，只是十分灰心地忙向家裡跑。當她一跨進那間三層閣，便羞憤交迸地哭了起來。那位小太太看見了這般情景，也不明白是為了什麼緣故，便問她道：「姊姊，可是在路上碰到了流氓盯梢，受到了他們的欺負不成！」

大太太拿出一塊醬油色的手帕來，揩了揩眼淚，咽哽著道：「像我這樣一個乞丐婆，還有誰會來調戲我！為的是那個不爭氣的殺千刀，他在外邊幹著丟人的事，回家來還要大吹喇叭，你想氣不氣人？」

接著，她就把剛才所見到的，一五一十地說了出來。那位小太太聽說她的丈夫是一個乞丐型的人物，也不覺悲從中來，立刻像傳染病一般，跟著大太太抽抽噎噎地哭得很傷心。

正在這當兒，那齊人在外邊溜得夠了，仍舊像平日一般，大模大樣地回到這三層閣的家裡來。他一瞧見大小兩位太太，抱頭痛哭的情形，也不明白是為了什麼事，只是捏緊了拳頭，在那張破桌子上捶了一下；大聲地說道：「你們哭什麼！莫不是我不在家裡的時候，又受了那二房東的惡氣了？還是隔壁那個暴發戶，又來逼你們歸還那筆印子錢了？——哼哼，他們別想在太歲頭上動土！只要我拿張名片，向員警署裡一遞，怕他們不吃一頓生活！」

誰知任他說得怎樣嘴硬，他的大小兩位太太，連理也不去理他；他知道這劑藥不靈了，唯一的辦法，只有不聲不響地鑽進破被窩裡去睡覺。

不到半個鐘頭，他已經鼾聲如雷地睡熟了；同時，還斷斷續續地說著囈語：「好酒，好酒！……誰說叫花子苦惱，幹了三年，包你連投機囤積的事也不想幹啦！……」

（《大眾》一九四四年六月號，一九四四年六月一日，署名「白悠」）

籠中人

自從某大畫家開過一次展覽會，獲得了空前的成功——作品賣得八十萬元，不知道引起了多少潦倒文人的豔羨！

其中有一個「海佬」常州（陽羨）書生許彥，他便廢寢忘餐地努力學習起書法藝術來，他有兩句口號：「字中自有黃金屋，字中自有顏如玉！」他想像中的一切享受，都預備在一個個的方塊字中產生出來。

這是萬分僥倖的事！他生在東晉，離那個書法大家王羲之的時代並不十分遼遠，他要學，自然應該從王羲之學習起。他日常的起居行動，一切都拿王羲之做模範，他知道王羲之是以愛鵝出名的，他自命是王羲之第二，因此，他不得不飼養幾隻白鵝，作為書法大家的幌子。

幸虧，「皇天不負苦心人」，在他努力了幾年以後，他的大名居然被一部分人知道了，一般囤貨商人新開了鋪子，每天來求他寫招牌的，真用得著「人山人海」四個字來形容它；漸漸地，甚至連五馬路一帶賣黑市糖的攤子上，以及賣臭豆腐干的擔子上，都有他法書的招牌。

他雖然不能像某大書家那麼一展八十萬，可是，計算他每個月的賣字錢，也可以向一班薪水階級驕傲了。

「飽暖思淫欲」這個慣例，千古以來，一直無法打破它的；許彥每天在臨池之餘，自然也歡喜跑跑舞場，玩玩嚮導，不料，時間過得久了，他覺得這種暫時的結合，不能滿足欲望。他雖然還沒有「金屋」建築起來，可是，藏嬌的念頭，卻無時無刻不在計畫中。

他希望有一個美麗而多情的太太，鎮日鎮夜地陪伴著他，直到波羅的海枯竭了，喜馬拉雅山頂的石頭靡爛了，只有她愛他的一顆心，永遠不會變更。

因此，他天天帶著他的幌子，也可說是商標——一隻鵝籠，到處作自我宣傳。

是一個仲夏的早晨，綏安山上的曉風，輕飄飄地吹拂著，使那個山下的早行人——許彥，感到無上的涼爽，連他鵝籠中裝著的一對大胖鵝，也快活得伸長了項頸，「格昂」「格昂」地高唱著。

「喔唷唷！實在走不動了，先生，您可以扶助我一下嗎？」前面山腳下，坐著一個年青人，他雖然穿著筆挺的洋服，卻疲憊得靠在那樹幹上，不住地呻吟著。

他一眼望見許彥，就這樣的請求。

「你是什麼人？要我怎麼樣扶助你？」許彥把鵝籠擱在一邊，暫時停下來。

「我是一個跑單幫的客人，近年來靠著東搬西運地，總算發了一筆小小的旺財，洋房、汽車、小老婆，樣樣都有了，本來打算把這最後一批貨色偷運完畢，從此便放棄這件行業，回家去享福了。哪知，昨天正經過一處關口，我所帶著的許多統製物品，全給軍警們抄查了出來。當時，我自以為還算識相的，丟下了那些貨色，連忙腳底下揩油，僥倖，畢竟給我逃走了，可是，不知怎樣，卻被地上的一塊石頭絆了一下，右腳的那個大拇指，卻給它碰傷了，因此，再也不能前進。先生，你可以扶助我一下嗎？」他蹺起了那隻皮鞋腳，不住地撫摩著。

「Excuse me！你瞧，我帶著這麼大一個鵝籠，行動已經很不方便，哪裡還有能力扶助你！」許彥向他表示歉意。

「不一定要你攙著我走，只要你答應幫助我，決不會使你發生困難！——實在，這兒別說三輪車，連黃包車也找不到一輛，否則，我是決不煩勞你先生的！」那個年青人說得非常得體。

「那麼，你要我怎樣扶助你呢！」許彥也居然動惻隱之心。

「那很容易！請您把鵝籠的門打開，讓我鑽進裡面去坐著，然後仍舊由您拎著它前進，不是就達到了我的目的嗎？」年青人覺得有了一絲希望，頓時興奮了起來。

「哈，這鵝籠裡面，你瞧，多麼齷齪，怎麼可以鑽進去居住！而且，你的身體這麼大，籠子裡也決計容納不下的！」許彥疑心他有些 Lunatic，預備帶著鵝籠走路了，「即使你有法術能把身體藏進籠子裡，我哪裡有這樣大的力氣拎著走呢？」

「齷齪，打什麼緊！您不看見現在有多少人，都在幹著那些齷齪的事：有的侵吞公款，圖飽私囊，有的操縱米糧，妨礙民食；有的犧牲老婆的色相，博取高位；有的靠著姊妹的裙帶，攫奪厚利；——他們連狗洞都不怕齷齪，大家搶著亂鑽，這青草鋪得很整齊的鵝籠，有什麼關係！至於我能不能藏身進去，你是不是拎得它動，這些，全不成問題，你可以不必管它！」年青人用手撐在地上，試著想站起來，「先生，請你把籠門打開了，好不好？」

許彥給他纏不過了，他想：譬如到遊藝場去看大套魔術：美女遁形一類的把戲，且看他表演一番再談。因此，他立刻點著頭，真的把那竹籠子的門打了開來。

「Thank you！」年青人欣然向許彥道謝，他便很吃力地掙扎起來，一蹺一拐地踅到鵝籠邊，俯下身子，向那籠門裡鑽，真的便鑽了進去。

籠子並沒有變大，那個年青人和那兩頭白鵝，並坐在裡邊，卻毫不覺得仄狹。許彥拎起那個籠子來掂掂重量，也和先前不差一分一厘。

「要是帶他到上海去，開一次什麼展覽會，一定會哄動一時，門票即使賣到百元二百元，也自然會有一批暴發戶的瘟孫來照牌頭！」許彥覺得：這是一件可以居奇的貨物，不管他怎樣，帶了他回去再說。

他負著那個鵝籠，在烈日中走呀走的，差不多經過了七八里路，時間已經到了中午，漸漸地，滿身淌著大汗，力乏了，口渴了，他不得不找一處大樹蔭下，休息一會。

「啊，這時候，要是能喝一瓶冰凍的可口可樂，那是多麼適意呀！」許彥自言自語地咂著嘴。

「可口可樂，好像是已經不合時代了；今年，大家一窩蜂似的，都在鬧著喝冰凍生啤酒，幾家酒樓飯店，都登著煌煌廣告：『人生難得幾回醉，不飲更何待！』——先生，你要喝，我以為也得時髦一下，喝杯生啤酒吧！」籠中人開始又說話了。

「生啤酒，在這荒野地方，哪裡去找呢？」許彥皺著眉頭。

「先生，如果你要喝，我倒可以儘量地供給！——請你把籠門開了，讓我走出來替你備辦！」年青人舉手示意。

許彥照著他的囑咐，立刻把籠門開了，那個年青人很自然地踱了出來，挺直身子，只聽他喉嚨口咕嘟一聲，接著便吐出一件東西來。許彥仔細瞧去，卻是一隻小得像核桃般的啤酒杯，裡面滿泣著黃澄澄的啤酒，一霎時，漸漸地大起來，大起來，直到和真的啤酒杯一樣地大；那一陣陣清冽的酒香，鑽進了許彥的鼻子，使他忍不住地舐嘴咂舌起來。

「先生，你要喝，別客氣！我的生啤酒，連四十元一杯的最低限價也不用你破鈔的！」年青人又是咕嘟地一聲，「儘量喝，我可以不斷地供給你！」一杯兩杯，三杯，……地上滿擱著一杯一杯的冰凍啤酒。

「夠了，夠了，多喝啤酒，會變成一個大胖子，現在黑市棉布，價錢貴得驚人，變成了大胖子，衣料增加尺寸，更加要買不起了！」許彥從地上拿起一杯來，嘗了嘗味道。

「也許，你是不慣喝寡酒的吧，讓我再給你一些下酒菜，好不好？」那個年青人顯得很熱絡。

「謝謝！我只要一包花生米，喝一回『花酒』就夠！」許彥回對得十分俏皮。

「花生米太平民化了，還是給你來一客皇家Salad吧！」年青人立刻又吐出幾隻銅盤，盤中滿滿地裝著臘腸、火腿、燻蛋、板魚、雞腿、以及用奶油拌過的洋山芋丁……等等，各式各樣的冷菜。

許彥和那個年青人，一同席地而坐，互相碰著杯，一杯一杯地對喝著。直到杯中的酒，盤中的菜，完全吃喝完了，只聽那個年青人，喉嚨咕嘟一聲響，杯子裡的酒又裝滿了，盤子裡的菜也重行添上了。

「這樣靜靜地喝著，太少興趣了，要不要弄個女人來點綴點綴？」年青人兩隻充血的眼睛，熱望著許彥，「聽說：許先生是最愛這一道的，一時雖不能藏諸金屋，逢場作戲，也可說是『聊勝於無』，哈哈哈！」

「嚮導姑娘，我是認識幾個的，可是，在這荒野地方，是沒法叫她們出卡的！」許彥非常失望。

「我有一個愛人，談吐倒很有些風趣；要是許先生不嫌棄的話，我可以招她來，暫時陪我們談談，以便解除一些寂寞，怎麼樣？」年青人等待著許彥的回音。

「是尊寵嗎？應該拜見一下！」聽見了女人，許彥的情神，增加了百倍。

年青人咕嘟一聲，從喉嚨裡又吐出了一個寸把長的女人；漸漸地長，長，長，一會兒，便長成了一個嬌小玲瓏的姑娘，年紀大約只有十五六歲；燙頭髮，紅嘴唇，挺胸凸臀，還裸著一雙大腿，腳上穿著鏤空皮鞋，紅豔豔的十個腳指，全都塗著蔻丹。她所有障身的東西，只有一件短袖翻領的香港衫，和一條三角褲——這正是一位最最典型的典型小姐。

她受過現代洗禮，一切都能脫俗，彷彿已經把男女間的界限撤除了，她不管有沒有陌生人在面前，她和那年青人互相調笑，一聲聲的「大令」，也不管使人聽了會不會肉麻。

「許先生，你怎麼正正經經地坐著，連笑也不笑一笑？——莫非你家裡的戶口米吃完了，正在擔著心事不成？好吧，人生難得幾回醉，讓我來喂你喝一杯吧！」那個風騷的小女人，漸漸地撩撥到許彥的身上來了。

「嘻嘻，別取笑了！留神你的『大令』，會把啤酒變成了醋，喝下去的！」

許彥胡調的本領，倒也不肯在她面前示弱的。

「吃醋嗎？我的『大令』是決計不會有這回事的！因為，我愛他，我把全個身心都奉獻了給他，我把世界上所有的男子，都看得像跌進了票面的股票那麼賤，只有我的『大令』，才是站在頂峰上的黑市黃金，我永遠不會遺棄他，他為什麼要吃醋？」她回過頭來，熱烈地和那年青人接了一個長吻。

他們謔浪笑傲地猜拳、行令，許彥喝得醺醺然，那個青年人卻醉得坐不住了，他俯下身軀，就在一邊草地上，呼呼地睡熟了。

「他，真是一個 morning brother！一直是緊緊地追求著我，其實，我從來也沒有愛過他！」那個小女人鄙薄地向那醉倒在地上的糟豬望了一眼。

「咦！你剛才不是說：世界上的男子，只有他，才像黑市黃金那麼高貴嗎？」許彥覺得有些詫異。

「他在我身上花的錢太多了，——他做單幫賺來的錢，幾乎全裝在我這隻無底的銀箱裡了，我要是不給他幾句甜言蜜語，難道真要逼著他去跳黃埔嗎？」小女人嫵媚地笑了。

「這樣說來，你一定還有真正的拖車在著！」許彥對於這種女人，居然了解了一大半。

「自然！那才是我前世少欠了他的俏冤家，我寧願縮衣節食，把一切供給他享受，卻從來沒有懊悔過！——許先生，你要不要見見他？不過，要請你保守祕密！」

「好的！我倒要見識見識，到底是怎樣一個美男子？——不知道可比得上世界第一的陳友仁嗎？」

小女人一邊媚笑著，一邊咳嗽一聲，立刻從她喉嚨裡吐出一個西裝少年，他也像她自身那麼，漸漸地由小變大，居然是粉面朱唇，頭髮梳得光滑滑，活像是電影裡的某一個風流小生。

經過那小女人的介紹，雙方談了些「今天天氣，哈哈哈！」許彥正想邀他坐下來喝一杯，不料，那個睡在草地上的年青人，忽然翻了一個身，仿佛快要醒過來了。

那個小女人非常急切，她連忙從嘴裡吐出一架東洋式的屏風來，把那年青人和那個風流小生之間，隔離了開來；並且，她自動地踅到屏風背後，陪著那年青人一同睡覺。

「這殼子，看樣子好像對我很有情愫，其實，她總是忘不了那個單幫客人，你瞧，她要是真的和我要好，怎麼會在青天白日下陪他睡覺？」風流小生憤憤的。

「那麼，你為什麼不丟掉了她呢？」許彥單刀直入地這樣問。

「她把我當做了拖車，每月供給我衣食和零用，我看在鈔票分上，不得不這樣哄著她，其實——這種爛汙貨……哼！……」風流小生把兩個大拇指插在西裝背心裡，露出其餘的八個，在口袋旁邊一彈一彈的，樣子非常悠閒，好像在美國出品的影片裡，常常見到過的。

「據我想來，你一定另外有著心愛的女人的，是不是？」許彥隨意地猜測。

「你怎麼知道的？」風流小生嘻開嘴巴笑起來了，「的確，我另外有一個心愛的女朋友，她是○○公司的一顆紅得發紫的明星，像她那樣，才真正和我配得上啊！」

「可以讓我見了嗎？那一定比剛才那位小姐更漂亮些吧！」許彥故意慫恿著。

「當然可以！」風流小生嘴巴一張，很快地又跳出一個穿短旗袍的女人來，她那種摩登的裝飾，她那種妖冶的容顏，她那種柔媚的態度，使每一種雄性的動物瞧見了，都會骨軟筋酥，站立不住。不必說，在她的三角褲帶上，不知道更繫住了多少懵懂的男子。

許彥雖然跟著風流小生，對那妖形怪狀的女人勸著酒，胡調著，可是，他心裡卻發生了一種新的感慨：「在這個澆薄的社會中，男女之間，原來只是這麼一出把戲，大家互相玩玩，騙騙，哪裡有真正的愛情！即使用真的黃金鑄起來的屋子，也藏不住這種嬌物的，還是正正經經回家去，抱著自己的黃臉婆子，談談柴米油鹽的家常吧！」

他因此打消了金屋藏嬌的念頭，連舞女和嚮導也不想玩了。

忽然，那架屏風似動了一下，風流小生驚惶地說：「那一對快醒過來，別惹出事來，還是早些準備吧！」說著，他就把那個妖冶女人吞進了嘴裡。

同時，那個小女人也從屏風後面轉了出來，她說：「許先生，他還想和你痛飲一番呢！」一不提防，她將那個風流小生也吞進了嘴裡。

最後，那個醉臥著的年青人也走了出來，很抱歉地向許彥解釋：

「剛才喝醉了酒，剩你獨自個枯坐著，真是放肆！現在，天快晚了，應該收拾起來，和先生再見了！」

小女人把那屏風吞進了嘴裡，那年青人更把酒杯，用具，和那小女人一起吞進了嘴裡，只留下那個銅盤，送給許彥作為紀念，他就一蹺一拐地走得無影無蹤了。

直到東晉孝武帝的太元年間，許彥已經做到了蘭臺令使，有一天，他請侍中張散吃飯，就用那個銅盤盛著一條大魚，經張散仔細地鑒賞那盤子邊上鐫著的題字，據說，還是漢朝永平三年製造的一件古董。

（《小說月報》第四十三期，一九四四年七月十五日，署名「白悠」）

韓康賣藥

一

「……跌打損傷，吃了我這藥草，包可醫治……傷風咳嗽，頭痛，腰痛，胃氣痛，牙齒痛，筋骨痛……百試百靈……」一個道士裝束的江湖滑頭，手執拂塵，滔滔不絕地向那包圍著的人群演說著；從他那件破碎不堪的百衲看著起來，的確是一個老資格了。

這人姓韓，名康，字伯休，本貫霸陵人氏。他從小便工心計，所以不論做一件什麼事，總會從這上面細心地研究，想打出一條生財的大道來。有一天，他到霸陵山中去打柴，不知怎樣一個不小心，給一塊石頭絆了一下，他便跌倒了，而且，他的額角齊巧碰在一個樹樁上，頓時鮮血直流，嚇得他手足無措了。他一時沒法可想，只是東尋西找地想弄到一些脫脂棉來掩住創口。但是，深山裡沒有人開著醫院，叫他到哪裡去找尋呢！僥倖得很，當他偶然回轉頭來，只見那一泓水沼裡，卻巧長著幾枝水蠟燭的果實，上面全是黃澄澄，毛茸茸的東西。韓康靈機一動，隨手就將他折了幾枝下來，樹下那些黃毛，權且代替了脫脂棉，掩住了那個創口。過了一會，果然血止了，痛也減退了，他覺得這種植物很有用處，便決意大量地採集了，帶到山下來發賣。

這種治創傷的草藥，雖然很有效驗，可是，在他住著的這個鄉村裡，人口不多，銷路畢竟是很有限的。於是，他再動腦筋，索性把打柴的事業拋棄了，每天跑到霸陵山上去，專心搜尋各種藥用植物。——似乎應該是他的幸運來了，他僅僅只費了幾天的勞力，竟給他發現了十多種藥草，他便一總裝在一副擔子裡，趕到長安市上去，擺了一個草藥攤。他的一塊白布幌子上寫得很特別：原來，除了「韓康賣藥」四個大字以外，在四面邊上，還寫了許多「不二價」「不二價」。他的擔子裡，雖然是極普通的幾片薄荷葉，可是，他如果討價要五塊錢，即使有人願意給四元九角九分九，他也會伸出一根食指，指著那布幌子道：「瞧吧！我是沒有兩個價錢的。」那顧客除非是負氣走了，否則，便得乖乖地摸出一張黃魚頭來。

二

話得說回來了；長安市上的市民，難道個個都是瘟生，為什麼盡讓他這樣敲竹槓呢？其中卻有一個緣故——因為，這長安市，本是西漢的都城，繁華富麗，甲於全國，現在雖已到了東漢時代，都城也已遷到洛陽地方。其實，那故都的規模，依然存在；一般市民，平日安於逸樂，風俗十分澆薄，隨他皇帝搬了家，他們那種糜爛生活，一時卻依舊改不過來。因此，那些人肉市場的營業，還是蒸蒸日上，自然，花柳病的傳布，範圍也愈擴愈大了。那個滑頭賣藥人韓康，所以能夠矗起那塊「不二價」的幌子來，就是靠著他那副擔子裡，很有些花柳病的特效的緣故。

韓康對於藥性賦，湯頭歌訣一類的東西，的確是讀過一些的。因此，有些病人出不起診金去看醫生的，就在他那草藥攤上，伸出手去求他切一切脈。他卻只憑著病人訴說的病情，胡亂地給一些藥草給他們。好在，那些貧民們即使被他醫死了，根本就拿不出訟費，哪裡會有和他打官司的事？

這樣的幾年下來，韓康倒也著實有些積蓄了；他不但造起了洋房，買好了汽車，脫去了那件百衲道袍，換上了純毛嗶嘰的西裝；而且，還建立了三處小公館，每處都安置了一位千嬌百媚的摩登太太。自然，他那草藥攤子也早已收了起來，霸陵山裡也用不著去跑了。

他穿上了西裝住了洋房，可是，君子不忘其舊，他到底還想在一般病人頭上撈摸一些的。而且，草頭藥哪裡及得上西藥容易賺錢；就是形式方面，也比不上西藥那麼的包裹輝煌。因此，他便在長安市上，開張了一家「韓康大藥房」，專門推銷各國新出的樣品藥。那門面建築得真是富麗堂皇，上面還嵌著一個商標，很顯明的寫著 One Price 幾個外國字。我們如果把它翻譯為中文，當然就是他從前那個白布幌子上的「不二價」。

真所謂說得到，做得到，他那家大藥房，既然標的外國式的「不二價」，所有的定價，便由他獨個兒閉了門，狠天狠地地估計了一下，做成一張最高峰的價目表。往往同是一個牌子的一樣西藥，別家藥房裡只賣兩塊錢的，他就得賣五元。並且，他還自作聰明地拿出他從前賣不完的草頭藥來，煎成了液汁，裝進玻璃瓶裡，取上一個古怪的名稱，冒充外國藥出賣，由於他交際的廣闊，手腕的敏捷，業務是一天發達一天了，銀行裡的存款簿上，總數也一位一位地增加了上去。

三

可是，人心是永遠不會有知足的時候的；他覺得全國財富還沒有全裝進他個人的荷包裡，心裡總有些不痛快。因此，他在酒醉飯飽以後，又在策劃他的詭計了。他想：「從長安市上的市民看起來，他們除了一個『淫』字以外，還有一個『毒』字。他占著很大的勢利。在『淫』字上，我賣了許多花柳病藥和興奮劑，已經賺過不少的錢，可是，對於這『毒』字，卻還沒有動過腦筋。現在，何不雙管齊下地再下一次辣手呢？」韓康打定了主意，便立刻動手，把他藥房裡存著的「嗎啡」「海洛英」「高根」……等各種毒藥搬出來，摻了一些自來水和糖漿，製成了一瓶瓶的藥水，取了一個好聽的名字，叫做「福壽戒煙水」，預備供給一般吸毒的朋友來購服。果然，那些癮君子們，為了當局的禁令森嚴，平日很不容易買到煙土；即使有了貨色，那價值的昂貴，直比黃金還要高過一些。一般癮君子們，到底不是個個都該著銅山金礦的；他們貪圖這種藥水服用便利，價值低廉，便不惜飲鴆止渴地向他購買。有時候，竟比軋米軋油還熱鬧。幸虧，這位韓康先生，他憑藉著業務上的便利，盡有方法把那大批毒物，運到他的藥房裡去。

韓康先生滿臉含著笑容，天天坐在藥箱上計數他的法幣，不料，霹靂一聲，一次大戰爭突然爆發了。大家以為在這炮火中，他的這家藥房，一定會受到影響了；也許會把他歷年的心血，完全毀滅掉。哪知，結果，非但並沒有像一般人所顧慮到的，而且，他卻反而因禍得福了。原來，他的眼光，比較常人來得敏銳；所以，在戰事爆發以前，別人都在脫貨求財，預備結束業務的時候，他卻不惜鑽頭覓縫，大量地收買各種藥品，像各種外國著名的血清針劑，消治龍，魚肝油丸，維他命製劑……等等，沒有一樣不要，甚至連萬金油，八卦丹……這種藥品，也儘量的囤積起來。他起先一點不動聲色，只是把這些囤貨，整箱整箱地在自己住宅裡藏匿著，等到市上的存藥差不多都要賣完了，外國的來源，也因戰爭的關係，早已截斷了；反正，韓先生是有一塊「不二價」的幌子的，在這「唯我獨有」的當兒，尤其可以發揮他的主義了。他看準了病家的財力，只要隨意報出一個數目，誰也不敢說出一個「不」字來。只有一般貧病交迫的人，卻不知道被他耽誤了多少生命了。

四

是一個熱天，築馬路的苦力小喜子，忽然中了暑，昏倒在那家韓康大藥房門口；當時，就有他的夥伴，走進那家藥房裡去，要求這位韓老闆布施一瓶痧藥水。哪知，韓康卻揮著手，搖著頭道：「不能！不能！我們做買賣，是將本求利的，並不是慈善機關，哪能隨便做好事！」那夥伴發急了，他說：「那麼，拿錢給你買一瓶，你總不能拒絕啊！」

「好！買一瓶，兩塊八毛四分！——一手交錢，一手交貨！」韓康從櫥窗裡拿出一瓶藥水，向外面揚了一揚。

「先生這裡是兩塊八毛，還有四分，實在因為分幣缺乏，叨光了罷！」苦力的夥伴哀求著。

「你不看見嗎？」韓康指著他的商標：「我們這裡是實行 One Price 的，不二價，不二價，一分一毫也不能讓！」他連珠炮似的說著他的中英合璧的話。

這樣爭吵了一點多鐘，最後，還是由一個過路人替他惠鈔了這四分錢，他才把那瓶痧藥水放了手。可是，那急性病的病人，因為耽擱了時間，就在他那「不二價」的商標下，離開了人世。

為了生活程度日高，物價不斷的在飛漲，當局者覺得對於一般囤積居奇的商人，實在有加以懲處的必要，於是來了一個限價的命令。尤其是對於幾家藥房和皮鞋公司，監視得最為嚴厲。這家韓康大藥房，當然是逃避不了的，他第一次得到的處分是：——停業一星期。這在腰纏千萬貫的韓老闆看起來，是滿不在乎的。因此，他依舊吩咐夥計們，還是要實行他那「不二價」主義，輕易不肯把價目改動一下。接著是來了第二次的處分：——罰款二萬元。

從韓老闆的存款簿上，憑空減下了這樣一個大數目，自然比較停業七天的損失來得嚴重，他忍痛把罰款繳出後，經過一度的考慮，才覺得限價是不得不遵守，他那「不二價」的商標，只得暫時摘下來，把每種藥價減低一倍。他吩咐夥計們：「以後賣出貨品，一律依照限價，不過，原則以少賣出去為上。甚至藉口缺貨，暫時一樣也不賣出去，靜靜地等待限價的自然上漲，慢慢地再行出籠最好。以後，你們的薪給，也憑這個做標準：不論誰，越是賣出貨品少的，加薪也越多，一項生意也沒做成功的，另外再發特別獎勵金。否則，不要怪我會停生意！」

五

夥計們樂得吃飽了戶口米飯，靠在櫃檯上望望馬路上的風景；要是有顧客上門來，他們橫也一個「斷檔」，豎也一個「缺貨」，一個個都回絕了。韓老闆保存囤貨的目的達到了；不過，這家藥房門口，卻可以羅雀了。

這樣挨了好幾個月，當局的限價，還是沒有一些變動，韓老闆因為藥房裡既沒有一些收入，每個月的開銷，卻是省不了的。他認為在這個局勢下，非得再動腦筋不可。經過他三天三夜的籌劃，居然給他想出了一個辦法：那就是假冒了醫生的牌子，把這些囤積貨由黑市出籠。好在，韓老闆近年來對於西藥的書籍，曾經翻過幾遍，什麼東西，是什麼病的特效藥，也有些一知半解。他主意打定，便在住宅門口，掛起一塊「韓康大醫師」的招牌來。

第一天開張，便有一個好奇的市民，走上門來求診，據他自己說是已經三天不通大便了，肚子裡有些脹滿。這位從賣草藥蛻化成的大醫師，知道他有了積食，便虛張聲勢地施行一次聽診和敲診，一面恫嚇著道：「這病十分嚴重，要不及早醫治，將來會變成不治的腸胃病。現在，給你配些藥，試試看，雖然藥價是比較貴些，但是性命總比金錢要緊些啊！」說著，他不問那病人願意不願意，抓起一枝康克令，就在那張處方箋上，開了一味 Magnessll Sylphas 出來。可是，藥方並不交給病人，只喊著他的那個助手，到間壁那間配藥室裡去代配。他的成本是 Magnessll Sylphas 一湯匙，自來水一盎司，玻璃瓶一隻，一共不到一塊錢，那助手遞給病人的帳單，卻是二十元四角，連門診十元，韓老闆穩穩地便進賬了三十元，那張藥方呢，卻永遠留在那配藥室裡，永遠不和病人見面了。

六

第二個登門來求診的，是一個龍鍾的老人，他患的是失眠症。其實，韓醫師用不著診察，就可以把藥名開出來的。但他知道不是這樣裝腔作勢地來一下，別人出這十塊錢的診金，一定不會甘心。因此，他照例先說了許多患失眠症的種種危險情形，然後開了九片溴化物，叫他每晚臨睡時，依法服下三片。藥，自然又是從他的配藥室裡配出來，藥方也照樣的如石沉大海，一去不回。那藥價卻足足開了二十七元，外加診費十元。韓大醫師的成本呢，僅僅只有一塊多錢。

他照這樣做法，當然比較藥房裡容易賺錢。而且，病人拿不到藥方，即使要告發他，也抓不到一個憑證，只得把辛苦賺來的錢，乖乖地塞進這個狗洞裡去，哼也不敢哼一聲。

有一天，韓康和一個病人，為了一毛錢藥費的上落，又互相爭吵起來。哪知，他正在惡狠狠地喊著「不二價！不二價！」忽然，從前面待診室裡，躥過一個少婦來，她向他認了一認，說道：「你老是說『不二價』，莫非就是當年在長安市上賣藥的韓伯休嗎？」

韓康仔細瞧了瞧，心裡不覺暗暗地叫起苦來。原來，他在擺草藥攤子的時候，曾經用了一味藥草，醫死了一個人；那少婦，就是那死者的女兒。當年，因為韓康神通廣大，花了一筆錢，四處打點，才得沒事。現在，時過境遷，他的靠山已經倒了，而且恰好又被那苦主找著，他知道法網難逃，便帶了他那本比生命還重要的存款簿子，逃到霸陵山中去躲了起來。長安市上，從此看不見這個賣藥的人了。

（連載於《海報》一九四三年一月十四日第二五九號至一月十九日第二六四號）

桃花源重遊記

一

黃道真——武陵的漁人，他自從一度到過桃花源，便念念不忘那個世外樂土。一天，他起了一個早，收拾了魚網，划著那隻小船，揀了一個深水的處所，又開始工作了。不料他的運氣真壞，接連地下了幾網，每次都只網起幾條二三寸長的小白魚降魚，總算他家裡那隻老黃貓，有了一頓午餐了。直到最後一網，才網起一條一斤多重的鱖魚，隨他現在物價怎樣高漲，可是，僅僅靠這斤把重的一條魚，即使賣了五六塊錢，怎能維持一家的肚子呢！

他看看太陽已近晌午時分，知道家裡的妻兒，一定在盼待著他，這才無可奈何地，棹了那隻小船，慢慢地向回家的路上划去。哪知剛划了一箭路遠，前面岸上，便有一個人喊著他道：「老黃，老黃！——我已經找了你半天了，怎麼你慢吞吞地還不想回家去？」

道真抬頭向岸仔細一瞧，早認清他就是那個人面獸心的二房東老李，不用說得，他是又在想出什麼花樣景來調排他了。但是，道真知道這種人的手段是多麼惡辣，倒也得罪他不得，只得滿臉堆著笑容，問道：「李二哥，你找我有什麼事啊！」

「找你，自然是為了屋子的事，告訴你，我要把這屋子出頂了！自下月份起，不再收你的房錢，請你趕緊另行去找尋，限你在月底必須搬出去！」老李一本正經地。

「這事恐怕沒有這樣容易，你不看見工部局的布告嗎？所有租界上的屋子，都不准頂替，怎麼你可以違背當局的法令呢！」

「你要弄清楚，我並不是真正頂的屋子，當初，我租下這屋子來的時候，曾經在天井裡造了一隻尿坑，這是我花了一筆錢造的，主權當然屬我，我現在要頂的，就是這個尿坑，難道當局好禁止我嗎？」老李是更加悻悻的了。

「老李你的目的，我們可以打開天窗說亮話：是不是又要加我的房租了？——因為，歷來你都是用這種手段來要脅我的。可是，現在找屋子實在困難，而且，工部局既已限定，二房東只能享受百分之二十的利潤，我已經付你百分之百以上了，難道你還不滿足嗎？你應得同情我，我每天賣魚所得，委實裝不飽一家的肚子，你再要無限制地榨取我，那麼，我們只能去跳桃花江了！」黃道真說得聲淚俱下。

「不管，不管，你能加我的租，我就不再頂屋子，否則我是靠這屋子吃飯的，你不能叫我們一家老小，趕在你們前面去跳江啊！」老李一點也沒有退讓的意思。

道真畢竟是一個好心腸的人，他覺得那二房東天天只煮些菜皮來當飯吃，景況也著實可憐，便不願和他多嚕蘇，只用了一個緩兵之計道：「好，那麼我們慢慢地再談吧！」

二

二房東似乎滿意地走了。道真裝了一肚子的煩惱，棹著那隻小船，一逕回家。當他剛把那隻小船攏了岸，只見他那個蓬頭垢面的老妻，從屋子裡趕了出來，板著臉道：「這一期戶口米，昨天就吃完了，我正等著你賣了魚回來，去糴一升杜米來煮粥吃，——杜米，今天馬路上賣到七塊五角一升了，你知道不知道？——

怎麼你去了這半天，老不想回家來！」

「唉，唉，我何嘗不知道，只是，運氣不好，今天打了半天魚，只捕得這麼一些些！」他提起那個魚簍來給她瞧。

「那怎麼了！難道今天就餓一天肚子不成？——而且，天氣是一天天的冷了，孩子們的幾件破棉襖，委實破得補無可補了，你也得設法給他們買幾尺布料回來啊！」

「哼，布料，最起碼的老粗布，也得三四塊錢一尺，你別再轉這些念頭了，還是先解決了今天的肚子問題吧！」道真提了魚簍走進屋子，他的妻也跟了進來。

「爸爸回來了，我們就可以吃一餐白米粥了！」孩子們迎上去，不住地嚷著。

「別胡鬧了！我的簍子裡只有一條鱖魚，和幾條貓魚，你們要吃，就把這些煮來吃了吧！」道真把魚簍向地下一扔。

「不錯，阿狗的爺，我又記起來了，剛才，那個放印子錢的歪頭阿二來過了，他說你結這張魚網的時候，向他借的錢，已經過期了好個月，現在要你趕緊設法料理清楚！」道真的妻一邊說，一邊把魚簍裡的魚倒出來，「孩子們是餓不起的，讓我把這些魚燒起來，家裡還有半升苞米粉，只得將就的吃一餐了！」

道真滿心懷著心事，就在那張瘸了一條腿的竹榻上躺了下來。他悄悄地想：「要是那個桃花源給我再找到了，我一定帶了妻子，兒女，逃到那裡去躲起來，不再和這些討債鬼見面了。

三

他想著，想著，仿佛自己又棹了那隻小船，沿著清溪緩緩地駛去，一會兒，忽然眼前現出一片紅光，他定睛一瞧，只見兩岸全是初開放的桃花，這一帶林子裡，中間並沒有一株雜樹；那朵朵的落花，灑在芳草地上，襯得格外地鮮豔可愛了——這種情景，竟和他第一次進桃源時，一模一樣。他因此興奮得忘記了肚子餓，只是用力地繼續向前划去。慢慢地划到了桃樹林子的盡頭，當年他發現過的那座山，也依舊峙立在那裡。山的一旁，那個小窟窿裡，還是若隱若現地有光亮放出來。這一次，他自然是熟門熟路了，立刻便跳上了岸，從那狹小的窟窿裡走了進去。

他又找到了那個世外的樂土了，那平曠的土地，那儼然的屋舍，那良田，美池，雖然還依舊在著；可是，地上和田裡，僅僅剩著些稀疏的作物，池裡也沒有一條魚兒的影子，屋宇，更是坍敗得不成樣子。再看看那些桑樹，竹樹，又大都是齊根砍去，一枝也不留了。聽聽那些遠近相聞的雞犬聲，竟寂靜得一些也沒有了。這地方，他確定都是先前所經歷過的；但是，這景象，不得不使他發生了滄桑之感。

道真走了沒有幾步，迎面就來了一個白髮蒼蒼的老年人，他身上穿的還是一套晉朝的服裝，寬袍大袖的，一點也沒有改變。他看見了道真，吃驚似的瞪著眼瞧了一會，便問：「你，可就是黃先生嗎？」

「是的，我就是黃道真，你怎麼認識我？」道真也覺得有些詫異。

「從前，我還是在做孩子的時候，你不是曾經到這裡來過一次嗎？所以，和你有些面善！」那老人這樣回答。

「哦，原來如此！這多少年來，我們外邊的情形，已經是一變再變，大變特變了；我想，你們這裡，大約總還是保存著那種古樸天真的環境吧！我早知道當年回到外邊，還要吃這許多苦，倒不如留在這裡，和你們一同生活下去！」道真想起了自己的痛苦生活，不覺把一腔心事都說了出來。

「唉，你還沒有知道呢！我們這裡還有什麼值得你流連的？」那老人立刻把眉峰皺了起來，「別的不要說它，你瞧，眼前的一片景象，是個怎樣的情景！還有，你從前在這裡聽到過的雞啼犬吠聲，那是多麼有詩意啊！可是，現在，你聽不得見了！……」

「這是為了什麼呢？」道真倒有些不懂了。

「不要談起，不要談起！好在，我們慢慢地再走過去，你一定會看得出這裡的情形來的！」

四

「這真奇怪了，我們外邊，因為年年在打仗，所以生活非常不安定，難道他們這個桃源樂土，也發生過戰事嗎？」道真自作聰明地猜測。

「戰爭是沒有發生過，可是，也可說是被你們外邊的戰爭連累了！」

道真正想再問下去，卻巧迎面來了兩輛自由車，車上乘著兩個西裝少年，每人背上，還背著一支鳥槍，嘻嘻哈哈的，似乎很是快樂。

那位老人不等道真動問，就指著說：「你可以看見了吧，這兩個奇裝異服的少年，就是從你們外邊進來的。我們這裡近來所以起了大變動的緣故，就是害在這班人手裡的！」

「像這些摩登哥兒，為什麼也歡喜到這種清閒世界中來？怎麼又說是害了你們呢？」道真忍不住又問了下去。

「我索性告訴了你吧，大約在五六年前頭有一天，忽然從外邊來了幾個形色張惶的人，據說，外邊是起了戰爭了。而且，這次戰爭，不比從前的只用刀矛弓箭，就是你好好地住在家裡，竟會出其不意地從天上掉下一個鐵蛋來送了命。因此，大家東逃西躲的，最後，竟被他們找到了我們這個安全地帶。這幾個人住了幾天，又重複回去了幾趟，搬了許多我們所沒有見過的東西進來。我們雖然在他們出去的當兒，屢次囑咐他們，像當年囑咐你一樣：『不足為外人道也』，但是，他們怎能守口如瓶；經過他們一番宣傳，漸漸地，竟一大批、一大批地搬進來了。他們大都又是性命第一的資產階級，和他們的性命一同帶進來的就是無數無數的游資。起先，他們還沒法什麼活動，只是做點地皮買賣，造了許多新式屋子，分幢的出賣給那些逃難進來的人；不料，後來愈做愈狠了心，竟走到了投機的路上去；不論囤米，囤藥，囤報紙；……總之無法無天的事，他們都會做出來，把我們這個安逸的樂土，攪成了一個詭譎多端的市場。而且，這裡人數一多，糧食自然不夠吃了，現在，我們這裡的本地人，竟有吃著樹皮草根過活的。想想從前是怎樣的？當你黃先生第一次來的時候，不是大家都嘻嘻哈哈地搶著邀你回去吃喝嗎？今天，可不能了。那些人——自然連我也在內，——正空著肚子，在等候最後的命運呢！再講到從外邊搬來的那些有錢人，也不見得個個都過著優裕的生活，拿剛才我們見到的兩個青年來說，他們就因為糧食沒處去買，預備到田野間去打些飛鳥來果腹呢！真想不到那些鳥兒，為了飛到這裡來避難，卻反而送了他們的命了！」

五

道真一邊走，一邊聽那老人的說話，不知不覺的，已經走了二三里路。雖然在路上，曾經遇到過幾個從前的熟人，可是，他們都是愁容滿面的，只和他點點頭，再沒有當年那種「怡然自得」的樣子；也沒有人邀他到家裡去吃雞喝酒了。

他想起從前那種情景，也有些黯然神傷。

又走了一段路，拐了一個彎，竟出於道真意料之外的，有一條寬闊的馬路橫在眼前，——這是從前「阡陌交通」的所在，如今竟變成肩摩轂擊的地方了。馬路上來來往往的車子，除了幾輛木炭汽車以外，還有許多用狗拉著行駛的輕便車，那老人指著，對道真說道：

「你瞧，我們這裡的桑樹竹樹，以及其他的樹木，都已燒了炭，裝在汽車裡，做了汽油的代用品了。你剛才瞧不見桑竹之屬，就是這一個緣故。至於這些拉車的狗，全都是從我們每一家本地人家裡收買去的。我們的雞呢？你瞧，這些店鋪裡陳列著的罐頭紅燒雞，就是他們的歸宿處。自然，你剛才在市外，再也聽不到他們的啼叫聲了！」

馬路的兩旁，店肆林立，雖然都標著「大跌價」「調整物價，破格賤賣」……等等招貼，可是，當道真走過去細看時，只見那每家店鋪裡的貨物，都標著一個驚人的數目，譬如：一件半新舊的馬可尼大衣，標價是四十二萬三千元，一聽五磅的餅乾，標價是六百八十元；一個熱水瓶，一千七百元；甚至一瓶起碼的雪花膏，也要賣到二百多元。道真不覺嚇得舌頭伸了一伸，再也不敢參觀下去。

六

「你覺得這些定價的可怕嗎？其實，還算不了什麼，盡有許多快要絕跡的東西，或是囤戶們捺著老不肯放手的東西，那價錢才真是嚇得死人呢！」老人說著，就向對過一家店鋪的櫥窗裡指了一指：「你看這件東西吧！」

道真依著他指點的地方望過去，原來是一隻半乾癟的真正美國貨「生開司脫」蜜橘，現在卻用一隻紅木玻璃匣子裝著，匣底還襯著一塊綠色的天鵝絨，那標價是十二萬三千元。

他們再向前走，立刻到了最熱鬧的一段地帶。那來來往往的人，也更加多了，其中有穿古裝的，也有穿摩登服裝的，據老人說：「這就是本地人和外邊來客的分別。」最奇怪的，就是在每家店鋪面前，都分左右排著兩隊男女，好像長蛇似的，正在湧湧擠擠地嚷著。有一家小店鋪面前，也是這樣的擠軋著；這時候，只聽得長蛇陣裡有人在說話了，那是一個十多歲的孩子，他說：「我媽媽還坐在抽水馬桶上等著，要是再這樣等下去，連今天的午飯也沒有人燒了！」

道真問：「這家是賣什麼東西的？」

「這是一家小煙紙店，今天大約新出籠了一批草紙，所以大家都在軋著，那孩子顯然是等了不少辰光，有些不耐煩了。只是，你瞧，他們的定價，不是標著兩塊半錢一張嗎？唉，真想不到，竟會有這樣的一天！」那老人感嘆著。

「唉，真想不到，世界上竟會有這樣的一個地方！竟比我們外邊還要艱困到數十百倍，那麼，我又懊悔多此一行了！」道真也跟著他感嘆起來。

隔壁是一家酒樓，門口高高地掛著一塊紅漆牌，上面寫著兩行墨瀋淋漓的大字是：「時菜上市：清燉耗子肉，每客三百五十元。蝸牛肉炒蘆粟，每客二百二十元。」道真不覺打了一個噁心，說道：「這種東西，怎麼也可以賣這樣的大價錢？」

「你不知道，我們這裡的動物，除了少數拉車子的狗以外，只有從外邊飛來的幾隻鳥兒，此外，豬羊牛馬等家畜，早已被人吃完了；所剩下來的，自然只有這些耗子，蝸牛……等數了。而且，你們從外邊來的人，大都是吃慣了葷菜，要他們天天吃素，當然是辦不了的；沒法可想，只有用了這些東西來一快朵頤了！」

七

「狗肉，不是也可以吃的嗎？為什麼不殺掉了吃？卻要它們拉車呢？」道真真有些糊塗。

「不知道為什麼，從外邊來的人，十九都是尊重狗和蒼蠅的。我想，這大概是他們平日做慣了蠅營狗苟的事的緣故吧？並且，我們本地人是都不願做這種牛馬似的拉車賤役，外邊來的人，又都是有身價的，他們沒法可想，才利用到這些狗身上去了吧！」

道真聽說，不住地點頭。他們這樣在市上玩了一會，早又是日中時分了，那老人硬要拉著道真，到他家裡去吃午飯。經過道真幾次婉辭，老人還是殷勤地拉扯著。道真拗他不過，只得答應。

他們一同離開鬧市，向著剛才走來的路上回去；沒有多少時候，就到了那位老人的家裡了——那是四間普通的草屋，看樣子，還是道真那次進桃花源以後所造的。

「你一家住了這多間屋子，想來，住的方面，倒還不成問題吧！」道真在門口就這樣問那老人。

「哼，哼！」老人笑起來了，「我這幾間破屋子，早已在兩年前，就被人死搶活奪地租借去了！現在，我們一家老小十五人，只住了一間面積不過一方丈半的柴房哩！」

「哦，都租出去了，租價想來比市上總要便宜些吧！」

「在這人滿為患的時候，你就是存心要給人便宜，也無從便宜起了。你瞧，我後面的三間屋子，面積每間都是兩方丈，租價卻由房客自己定的，他們因為深恐被別人挖去，竟把租價特別提高，每間每月計五千八百元；我也不願和他們爭多論少，因此，比別家還不算貴！」

八

道真跟著那老人，走進那間柴房改造的屋子，只見裡面黑壓壓的擠滿了人頭，老人便給他介紹：這個是大兒子，那個是大媳婦；二兒子，二媳婦，孫男，孫女……等，道真連記也記不清這許多。

「你們這許多人，怎麼連一張床鋪也沒有？泥地上又這樣的潮溼，晚上怎樣睡覺呢？」道真不加思索地問。

「你瞧！」老人笑著，向屋梁上一指：「這上面的，不都是床鋪嗎？——我們因為屋子太小，要是排下這許多鋪位，連走動起來都沒有迴旋的餘地了，何況還要吃飯做工作呢！因此，我們想出一個辦法，白天，就把這些床鋪掛在屋頂上，同時，把昨天晚上掛上去的桌椅板凳，放下來應用；到了晚上，再把這些床鋪放下來，吊上這些桌椅板凳，麻煩，雖然麻煩些，但是，一間屋子，卻可以派兩種用場了！哈哈哈！」

「哦，那麼，我要是在這裡宿一宵的話，倒有些像『徐孺下陳蕃之榻』的故事了！真有趣！真有趣！」道真倒居然打趣地掉起文來。

老人笑了一陣，正在催著媳婦兒開飯，不料，道真的耳朵邊，只聽見「啊唔，啊唔」的傳來一陣狂叫。

他聽得出這是他家裡的那隻老黃貓的聲音，正想出去找尋，哪知他兩眼一睜，眼前立刻換了一個景象，他不是好好地還睡在家裡的那張破竹榻上嗎？他這才明白，剛才的走進桃花源，不過是一個白日夢罷了！

「這幾條貓魚，都給孩子們吃掉了，難怪這老貓餓得發起急來了！」這是他妻子的說話聲。

他聽見了這個「吃」字，肚子裡又咕嚕嚕地響了起來。

（連載於《海報》一九四三年一月廿日第二六五號至一月二十七日第二七二號）

古鏡新記

一輛自備三輪車，飛也似的在馬路上行駛，王度口銜雪茄，蹺起了一條腿，幽幽地在思索著：

「那位侯老先生，我不過佩服他的學問，才當他老師般的尊敬著，講交情，實在夠不上說是怎麼密切的。今天早晨，聽說他病得很厲害，曾經打了三四次電話來，催我到他那兒去；仔細思量：我既不懂醫術，又沒有什麼西藥囤積著，到底要我去幹什麼呢？」

天氣已經是中夏時節了，從馬路上蒸發起來的一股熱氣，使那坐在三輪車上的王度，感到了一些煩鬱；他正打算下車來，走進一家冷飲店裡去喝一杯冰汽水，或是一個霜淇淋，不料，那車子突然震動了一下，早已在一家小洋房的門前停了下來。

王度從車上跳下來，按了一下電鈴，便有一個僕歐出來替他開了門。

「哦你老怎麼才來？我們老爺已經盼待得很長久了！」

「你家老爺的病，近來可好了些嗎？不知道他叫了我來，有什麼事情？」王度一邊向屋裡走，一邊和跟在後頭的僕歐隨意詢問著。

「老爺的病，近來日見沉重，他自己也覺得沒有痊癒的希望了，因此，特地請你老來談談！」僕歐說得輕輕的，因為已經走到侯老先生的寢室門口了。

王度一腳跨進那間病房，只見這位侯老先生，氣喘吁吁地躺在床上，幸而神智倒還清楚，所以，一見了王度，便指著床前的那張小沙發，意思是叫他坐下來。

王度正打算向他問候一番，不料，那侯老先生先開了口：「我是不久於人世的了，平生卻有一件最可寶愛的古物……」同時，他就從枕頭邊取出一面銅綠斑駁的古鏡來，「……那，就是這面銅鏡子！你別以為比不上現在那些梳粧檯上裝著的玻璃大鏡子的明亮，可是她的任務，卻並不只是給那些妖妖嬈嬈的女人們，對著它塗塗唇膏，畫畫眼圈而已；它，你要是憑著它，可以使一切的妖魅，逃不出我們的掌握！現在，我想把它交託給你，你得記住，這是稀世的寶物，願你好好地替我保存著，千萬不要失掉它！」

王度慎重地接過那面古鏡來，細細地瞧去，——那是一面八寸直徑的古銅鏡，背後有一個穿繩子的鼻子，形象卻是一隻蹲伏著的麒麟，四面，點綴著龜、龍、鳳、虎各種動物，更外一周，作八卦紋，最外一圈，卻是二十四個好像隸書的文字，筆劃完好，雕刻精細，只是，那些文字，卻是所有字書上都查不出來的。

王度正在鑒賞著，侯老先生又繼續說話了：

「我知道，從前黃帝鑄造過十五面銅鏡，第一面，直徑一尺五寸，據說，每鏡的面積，各各相差一寸，推算起來，這一面，應該是第八面了。我是從一家舊貨寄售商行裡得來的，雖然價錢貴得並不駭人，但是，我知道這卻是一件不可多得的寶物，所以，一直保存著，從來也不輕易拿出來給人瞧瞧。實在，現在這個世界，因為是戰亂之後，人心太壞了，我怎麼能放心把這件寶物交在別人手裡呢！只有你，我平日細心觀察，你的確是一位正人君子，所以，我信託你，當我離開人世以後，你可以做這面古鏡的保護人！」

王度恭敬地接受了這面古鏡，從此便和侯老先生永別了。

這時候，隋文帝早已逝世，由他的兒子隋煬帝即位後，也匆匆地挨到大業七年了。這一年五月裡，王度剛辭去了侍御史的職位，回到他河東的老家裡，六月裡，他終於熬不過家鄉的寂寞，再從河東到長安去。有一天，到了長樂坡地方，便寄宿在他的朋友程雄家裡。

這位程先生，平日就歡喜拈花惹草，他家裡雖然有了三妻四妾，新近卻又榮任了滬麗舞廳的一位舞女鸚鵡小姐的拖車，他們倆便租了小房子同居著。

王度一見那位鸚鵡小姐，覺得她滿臉上雖然塗抹著三花牌胭脂香粉，夜巴黎的香味，也是一陣陣地衝進別人的鼻子來，可是，她那種騷形騷氣，卻總是掩不過去。

王度覷定一個機會，齊巧那天午後，鸚鵡小姐到小姐妹家搓麻雀去了，他便婉轉地問程雄道：「你和這位小姐，同居了多少時候了？」

「還不上半個月呢，你覺得她漂亮不漂亮？」程雄斜靠在沙發上，得意地揮去了一些香煙灰，「我生平交接過十打以上的女人，可是，從來沒有碰到過像她那麼的人物，我寧願犧牲了一切，一生一世伏在她裙帶下做奴隸！」

「哈哈哈，你怎麼竟被一個女人，迷戀到這般田地！雄，你得小心，從來『女人是禍水』這一句話決不是隨便說說的啊！」王度懇切地規勸。

「哈哈，你別多心！她是多麼無邪，多麼柔媚的一個女孩子，難道會忍心來害我嗎？」程雄保持著滿不在乎的態度。

「好，好，我也不過盡我朋友的忠告罷了，信不信由你！」王度也不好意思再嘮叨下去。

吃過晚飯，程雄急匆匆地出門，當然要去過他的摟抱癮了。王度卻獨自一個兒坐在那間廂房裡，正感到無聊，忽然想起手提皮包裡帶著的那面古銅鏡，他便打開手提皮包，隨手拿出來，在燈下把玩翻弄著。

忽然傳來一陣電鈴聲，接著是女傭出去開門的腳步聲，最後，便是兩個女人的對話：

「少爺回來沒有？」

「沒有！」

「是什麼時候出去的？」

「剛吃過晚飯！」

「可是和那位客人同去的？」

「不，客人還在我們廂房裡，此刻好像還沒有睡覺！」

「好，讓我和他談談！」

王度在廂房裡聽著這幾句談話，正在詫異，跟著一陣高跟皮鞋響，立刻閃進一個蛇樣的女人來——那便是所謂鸚鵡小姐；她用著一塊花麻紗小手帕，掩住了小嘴，吃吃地笑道：

「蜜司脫王，你真是一個老實人，在這樣的良宵花月夜，悶在家裡，不怕寂寞麼？……來，來，來，你跟我到樓上寢室裡去，我們把留聲機開了，來練習一回康茄，好不好？」

王度本是一個書呆子，做了幾年官，更練成了一種不苟言笑的派頭，他聽了鸚鵡小姐的話，不由得不惱怒起來，於是便一本正經，迂腐騰騰地發話了：

「小姐，我和雄兒，雖然是老朋友，可是，在這夜深人靜的時候，孤男少女，同處在一間房間裡面總有些不便罷！可否，……請……明天……」

「哈哈，蜜司脫王，真是少見多怪了；我，本是一個舞女，平常，只要有緣分，就可以隨意跟別人開房間，要怎樣就怎樣，即使程雄在家裡，也管不了我的，何況，……哈哈哈！」鸚鵡小姐笑得那麼天真的。

這使王度簡直對她沒辦法，他想站起身來，再勸她一番，勸她暫時離開這間廂房。不知怎樣一個不留神，齊巧這面古銅鏡，裡面向外一晃，正向鸚鵡小姐身上照了一下。

「啊呀呀，怎麼你竟下這辣手？請饒赦了我吧！」她嬌聲嬌氣地喊著。

接著是撲的一聲，她早已伏在地上了。

王度向她仔細觀察，不知怎麼，她竟變成了一隻老狐狸。一面卻還是學著人的說話，懇切地向他哀求道：「我以後一定改過，不再向人施行媚惑了，願你做做好事，放過了我！」

「好罷，你只要能夠改過，我當然可以饒你。不過，你的來歷，到底是怎樣的，我現在倒很願意知道一些——你能夠老老實實告訴我嗎？」王度知道這面古鏡的力量很不小，依舊緊緊地照著她，不肯放鬆。

這隻由一位千嬌百媚的少女變成的狐狸，拱起兩隻前腳向著王度拜了幾拜，說道：「我原是華山府縣廟裡的一隻千歲老狐狸，因為常常變形，誘惑一般色情狂的青年，曾經不知破毀了多少人家，害了多少人生命，因此，府君非常憤怒，打算將我捉起來治罪；幸虧我逃得快，一下子就避匿到下卦地方，認一位老人陳思恭作義父，他眷養著我，不久將我嫁給他的同鄉人柴華，我又害死了他，才逃到韓城縣暫避。不料在半路上，就被一個流氓李無傲截住了。他硬要我和他同居，我們便暫時姘識了；幾個月以後因為經濟毫無辦法，他又慫恿我到滬麗舞廳去乾貨腰生活，不上三天，就遇著了這位『花好月圓人』程雄，他竟花了一大筆錢，租起小房子，做了我的拖車了。我們以後的計畫，原想攪得他家破人亡才罷手的，不料現在……」

王度忙派人到舞場裡把程雄找了回來。

他一進門，看到了這種情形，以為王度曾經出去打獵，捉到了這隻狡獸；怎麼會料到，卻就是他的姘頭鸚鵡小姐；當時經王度把這經過對他敘述了一遍，他才恍然大悟，自幸還沒有犧牲在這騷狐狸的爪牙上。從此，他再不能沉迷在篷尺聲中了。

大業九年，楊素的兒子楊玄感，趁著隋煬帝親征高麗的機會，竟是起兵反叛起來，因此，一時群盜蜂起，全國大亂。平民們所憂慮著的，便是糧食的缺乏，哪知一般奸商，卻便看準了這一點，趁早把米穀大量收買，祕密地囤積居奇。果然，一到了青黃不接的時候，米價竟高漲了幾十倍。

「饑民一路哭，奸商捧腹笑；餓死事太小，鈔票只嫌少！」

從這首童謠看起來，可見當時食糧的恐慌，大都是由怎麼一種人造成的；可是，那些奸商們神通廣大，他們會遍行賄賂，把小百姓的性命，看成灰土一般的微賤，漸漸地忘記了國法尊嚴，竟自為所欲為起來。

這時候，王度正在長安閒住，他常常看見左鄰的一家人家，主人姓糜名諸從，好像是個紳士，服用十分闊綽，舉動卻非常暗昧。經他幾次的留心暗察，才知道這就是一個在米糧上舞弊發了財的人物，但是，因為他的行動很祕密，一般人是看不出他的底細來的。

有一天，王度打從附廓經過，看見幾個商人模樣的人，騎著幾部自由車，彷佛在找尋什麼似的。一會兒，有一群鄉下人，每人肩著二三斗杜米，彳亍地在遠處走過來。其中有一個騎自由車的，便下車來招呼：

「喂，你們的米賣不賣的？」

「當然賣的！」鄉下人回答。

「要多少錢一斗？」另一個騎自由車的問。

「五關五！」鄉下人一齊嗷騷地應著。

「呀，怎麼這樣便宜？」又是一個自由車朋友說，「你們難道不知道，城裡已經破進七關了！」

「哦，那麼就照七關的價錢賣給你們，你們可能收受！」一班鄉下人笑顏逐開的。

「當然可以收受！不過，這幾斗米，我們是不夠的，你們有多少，一起都賣給我們，明天就在這裡交貨！」

「好，好，我們還可以邀約親戚朋友，把他們家裡的存米，一起搬出來！」

這天傍晚，長安城裡就發生了一種波動，大家爭著說：「米價又漲了！在城外，就破進七關；城裡，一定要七關以外了！」

第二天，城裡的米價竟是步步高升，由七關六級，一直抬到八關二級。當日，麋諸從家裡，便有許多人把一車車的杜米，運到米店裡去發賣。其中有幾個，就是昨天王度在城外遇見的。

當然，這許多杜米，只有一小部分，是麋諸從派人在郊外，向鄉下人攔買來的；大部分，他還是用五關以下的價錢，收買囤積著的。

米價一跳，百物也跟著高跳，一般小市民，大家叫苦連天。

王度要瞧瞧這位麋先生，到底是怎樣一尊人物，他便帶著他那面古鏡，等候在麋家門口。直到中午時分，一輛木炭汽車開來，在那幢大洋房面前停住了；車門開處，當即跳下一個白白胖胖的紳士來。王度連忙趕上一步：

「尊駕可就是麋先生？」右手已在口袋裡掏摸那面古鏡。

「是的，你有什麼事！」麋諸從以為碰到了綁票匪，一邊回答，一邊已經跨上了石階。

王度不等他進門，立刻拿出那面古鏡，向著他身上照去。

「啊呀，啊呀！……」麋諸從這樣叫了兩聲，同時滾流在地上，並且把身體縮得很小；原來的白白胖胖，卻依舊是白白胖胖的，可是仔細一瞧，原來是一條米蛀蟲。王度一腳踏去，這條米蛀蟲，便變成肉醬了。

自從這一幕醜劇演出以後，附近的鄰居們，都沸沸揚揚地傳播起來，沒有多少時候，長安城裡，誰都知道了這個祕密，不但別的米蛀蟲，全銷聲匿跡，就是米價也立刻降到五關以下了。

市民們安安逸逸地剛吃了兩天杜米飯，突然又來了一種威脅，那是因為現鈔非常缺乏，於是便引起了一種貼現的把戲。——現鈔到哪裡去了呢？那是一般喪心病狂的人，利用職務上的便利，從銀行裡搬出大量的鈔票，就這樣囤積起來。因為，市民們要買日用必需品，不論米、煤、蔬菜……全都要用現鈔的；他們的收入，為了現鈔的短少，卻都改了支票和本票。那麼怎麼辦呢？自然只好想方設計，求神拜佛地去向人貼現。於是，那班辣手辣腳的朋友，就可以把囤積著的鈔票出籠了。

那一天，王度手裡，除了填著一串000的一個存摺以外，只剩著一張五萬元的本票了；家裡卻連泡開水的現款也付不出來。他便由一位朋友介紹，拿了那張本票去找一位金先生。

他按著地址，趕到金家，金先生已經穿好了筆挺的西裝，預備上奧非司（音譯office）去辦公。

「哈囉，密司脫金！請你留一下步，讓我對你說幾句話，可以嗎？」王度脫了帽，微微地和他彎了彎腰。

「尊姓？你找我幹麼？」金先生大模大樣的，招呼他在沙發上坐下了。

「我是管賢慈先生介紹來的！」王度掏出了那張介紹人的名片：「可不可以請先生幫幫忙，給我調五萬元現款？」

「哦，可以，有什麼不可以呢？只是，你知不知道我這裡的例規？」

「那倒要請教一下！」

「調現款，必須要貼現！別人，每元是四角，你先生既然有老管的介紹，那麼就算三角半吧，你看好不好？」

經過王度跟他竭誠的磋商，他卻堅決地咬定牙關，非出三角半貼費不可。王度這張本票，是在某報上寫了一個月的稿，得來的報酬，現在平白地被打了一個六五折，不是只剩得三萬二千五百元了嗎？他心裡非常生氣，隨手從口袋裡掏出那面古鏡來，就對準那位金先生身上照了一照。

「喔，喔，喔！好厲害！」金先生站起來想逃走，可是，已經來不及了，他就這樣的躺在那張沙發上，現了原形，變成了一隻金錢烏龜。

「哈哈哈，愛錢如命的傢伙，你也有今天這下場！」王度抓起那隻金錢烏龜，走出大門，經過一個公坑所，就把它扔入糞池裡了。

所可惜的，那批貼現犯，行動都很詭祕，一時還沒有方法把它們一個個現出原形來。不過，貼現的把戲，從此卻消滅了；市民們拿到了支票本票，一律都可以通用；現鈔不能居奇，因此也就漸漸地流通了出來。

市民們剛吐了一口氣，有許多有孩子的人家，卻又逢到了一個難關。

那是暑假將盡的時候了，幾乎每個學生的家長，都接到了一封學校當局的來信：從下學期開始，學費都照黑市米價收取。計算起來，大約每個小學生，要繳二十多萬元；中學生，要繳三十多萬元；大學生，當然尤其可觀。

有些人家，困苦得連雜糧也吃不飽，哪裡會有這樣一筆鉅款去繳學費！即使是小康之家，要是有了五六個孩子，事實上，也就無法措置了。因此，長安城中，又是人心惶惶，大多數的青年，都有失學的可能。

照王度的意見，他以為如果所收學費，除了開支以外，全部是給教職員作為生活費的，那倒還是情有可原。因此，他便到幾個著名學校的教師那裡去訪問。

甲校的教師王君說：「我已教了三十年書，直到現在，還只有一萬元月薪，膳宿全得自備。下學期的聘書已經送來，月薪仍然照舊。」

乙校的教師趙君說：「我雖然由學校供給兩頓薄得像白開水似的稀飯，但是，每月的收入，只有零用費五千元。合同訂定，在三年以內不加薪。」

丙校的教師孫君說：「我們的待遇，還算比別家好些，每月每人可得杜米一斗半；可是，校長在學校裡開了一爿火腿店，我們在課餘之暇，還得替他推銷貨物！」

其餘還有幾家學校的教師，大致也相差無幾。王度覺得這班學店主人，的確太狠心了，他便決心要懲戒他們一下。

齊巧，消息傳來，某一天，那些學店主人，打算在〇大飯店「萬狗廳」裡，開一次聯歡大會。王度等他們到齊以後，便悄悄地帶著古鏡，趕到那裡。當他們正在吃喝享樂的時候，他不問情由，像攝影師移動開末拉（音譯Camera）似的，把古鏡向著他們身上照去，一會兒，人的影子全不見了，遺留在那間『萬狗廳』中的只是許多條灰色的蠹魚。

「哼哼，你們這些妨礙文化的蟊賊，今天也在我手中了！王度用兩個手指這樣一撩，撩死了好幾條；那樣一撚，又撚死了一條，這批學店主人，便被他一網打盡。

可是，老天也好像故意要和長安城中的市民作對似的；當王度志得意滿地從○飯店裡出來，抬頭一瞧，只見滿天布滿了黑雲，風是像魔鬼的翅膀一般，這邊扇一陣，那邊扇一陣，頓時飛砂走石，像竹竿一樣粗的暴雨，也就跟著下來了。

離那家大飯店不遠，有著一個平民住宅區，那裡的房屋，本來建築得不甚堅固，再加二房東惟利是圖，年久不加修理，平日已經是搖搖欲墜的了，哪裡還擋得住這樣的狂風暴雨！一霎時，只聽得轟隆隆一聲巨響，一些屋子，竟是全部坍塌了下來。

「救命啊，救命啊！」哭的哭，叫的叫，形勢非常緊張。

王度跟著一班熱心的朋友，連忙冒著危險，趕過去救護。終於在瓦礫堆中，救出了大批血肉模糊的人，撿出了無數的斷手殘腿。這種慘狀，誰看了也會怵目傷心。

「這些未死的人，血流得太多了，快送醫院去救治！」王度指揮著那些熱心朋友，把受傷者搬上車子，親自護送到公立的大拉（音譯 dollar）醫院。

「門診時間已過，請掛特別號！」一個看護模樣的女人，慢條斯理地說。

「這是特殊的事變，不能這樣拘泥的了！快，快，快請醫生來給他們急救！」王度看著那位看護小姐不動聲色，他只得急匆匆地再向裡面直闖進來。

一個穿著白色手術衣的醫生，正在和年青的看護小姐聊閒天，王度走過去，把他一把抓住，拉著他一直向外邊走。

「作什麼，作什麼？你要進瘋人院，找錯了門子了！」醫生直著喉嚨嚷著。

「我不是瘋子，要你給許多受傷的人去治療，遲一會，恐怕他們的性命也保不住了。」

醫生被他拉到門口，眼看著一車子的血人，神色自若地攤開了一隻右手：「先付一筆醫藥費，每人五十萬元，要現鈔！」

「一霎時，哪裡去找這許多現鈔，請你本著醫生的道德，行行善，先給他們止了血，好不好？」王度幾乎要向他跪了。

「不能，不能！本院的定章是這樣的，誰也無權變更它！要是繳不出每人五十萬，請到別家醫院去吧！」醫生侃侃地一點也不賣情面。

「讓我去找你們的院長，請他發點慈悲心，救救這一車子的人吧！」王度第二度打算闖進去。

湊巧，這時候，裡面走出一個同樣穿著白色手術衣的老醫生，在他的後面，還跟著了六七個青年醫生；顯然，他們是聽到了外邊的喧嘩聲，趕出來瞧熱鬧的。

「什麼事？什麼事？」老醫生將王度擋住了。

「我要去見院長！」王度氣急敗壞的。

「我，我就是院長！你有什麼事？」老醫生說。

「外面有著一車子受傷的人，你可不可以做做好事，暫時先給他們急救一下，慢慢地讓我再去籌款來清付嗎？」

「哼，你沒有瞧見我們這裡的招牌嗎？大拉者，Dollar 也。我們這裡是，抱定宗旨：『有病無錢莫進來！』的，請你也幫幫忙，將他們車回去吧！」老醫生面色鐵青，好像是動了氣。

「車回去，車回去！」一群小醫生同樣地氣勢洶洶。

「常言道：醫生有割股之心，你們這批醫生，怎麼生成是強盜心腸？」王度心想，我這時也只好對他們不客氣了。

「你罵人？快給我們滾出去！」一群醫生都咆哮起來。

「好，看我的法寶！」王度急忙從口袋裡掏出那面古鏡，向著他們照去。

「唷唷唷，……快逃快逃！」一群醫生這麼嚷，可是已經來不及了，一個個都變成了穿白外套的小兔子了。

「哈哈哈，他們不過是一群在月亮裡搗藥的小白兔，僅僅偷得了一些醫藥皮毛，便到下界來大搖大擺了！」

王度一隻隻地捉了起來，預備帶回去燒紅燒兔肉吃，一面說：

「好好，豬肉這麼貴，拿它們去作了代用品，送到各醫院去給病人當滋補食物吧！」

傷人是不能耽誤時間的，他們忙開著車，投奔別家醫院去。

最不幸的，卻是王度這面古鏡，因為保藏得不嚴密，不久就失了蹤；因此，現在又有一大批妖魔鬼怪，溷跡在我們的周圍，使大多數要去守己的市民，永遠受他們的暴虐。

三四・七・二六，於悠悠居。

（《六藝》第五期，一九四六年二月，署名「尚之裔」）

破鏡

是薔薇處處開的季節。

月兒，照過了南朝陳後主宮庭上翬飛式的層簷，漸漸地，從高空中，沉下去，沉下去，已經落在雞籠山背後了。

那位駙馬爺太子舍人徐德言，剛從酣睡中醒過來，只聽得臨春閣上傳過來的笙歌聲，嘩笑聲，還是非常熱鬧，他不覺嘆了一口氣。

「怎麼，你也沒有睡熟嗎？」徐夫人樂昌公主，把那繡被褪下了一些，兀自在領略那遠處的歌聲和笑聲，「你聽，他們每晚上盡是這樣熬夜，白天還提得起精神來辦事嗎？」

「是啊！我說你那位哥哥，實在也太荒唐了；你家先人，千辛萬苦地傳下這樣一座錦繡河山給他，卻不能好好地保守，鎮日鎮夜地只在喝酒作樂。在平時，倒也不去說他了；這幾天，時局的緊張，已經是達於極點了，怎麼還有這樣好的興致！」

「唉，我那哥哥，我曾經幾次進宮去勸過他，甚至對他痛哭流涕，他何嘗能聽我一言半語！你瞧著吧，這個國家，遲早會送在他的手裡的。只是，先武帝創業艱難，有一天要是攪到國破家亡，叫我們做子孫的，怎麼對得他起！」

「我愛，你也不必太傷感了！時候才過子夜，著實還可以睡一覺，一切事，我們明天再說吧！——唉，唉！」這位駙馬爺叫別人不要傷感，他自己卻先嘆起氣來。

這時候，正是南朝陳後主的禎明二年。這位花花公子式的後主陳叔寶，自幼兒過慣了繁華生活，席豐履厚只知享受，哪裡會注意到治國平天下的事！可是，自從他父親宣帝去世以後，竟把這整個國家，完全交給了他，一朝大權在握，他自然越發胡帝胡天地喧鬧了。

他曾經在臺城中，建築起臨春、結綺、望仙三個閣子，每個閣子都包含著幾十間房屋，材料全用的沉檀木；更用金玉珠翠，做著裝飾，陳設瑰麗，燦爛奪目，閣下堆石成假山，山邊引水為池；到處滿種著四時花卉。後主自己住在臨春閣裡，張貴妃住結綺閣，孔貴妃住望仙閣，整天整夜，老是和僕射江總，尚書孔范……等幾十個佞臣，以及一群美貌的宮女們，唱歌喝酒，過著糜爛的生活。那些朝中的正直大臣們，誰也不敢勸他一句；只有他那親妹妹樂昌公主，有時還會向他絮聒一陣，但是，他也只當是耳邊風，一下子就過去了。

前幾年，北朝周政府的大丞相楊堅，已經篡了位，自稱隋文帝，上一年，又滅了後梁，勢力漸漸地擴大起來。這幾天，消息傳來，據說又下了一道詔書，提出陳後主的二十大罪狀，一共寫了三十萬張，實貼在各處關津要路。那支北方的勁旅，也正在秣兵厲馬，預備向南方發動攻勢。因此，陳政府中幾個比較有良心的大臣們，都在擔著心，很想去勸勸那位後主，請他好好地振作一下，暫時拋棄了這種荒淫無度的把戲。自然，他的妹妹樂昌公主，更是焦急得整夜睡不熟覺。

漸漸地，從臺城中傳來的笙歌停歇了下來；那明瓦窗上的晨曦光，也透進一些到這臥室裡來。這位整夜在憂國憂家的賢明公主，她一骨碌從床上坐起，正想把她的丈夫喚醒過來，不料，他已然在和她說話了：

「還早呢，你再睡一會吧！」

「啊，怎麼你也沒有睡熟過嗎？唉，唉！——我想……」樂昌公主望著她的丈夫。

「你想怎樣？」

「我想今天再進宮去，向我的哥哥作最後一次勸告……」

「哼，我看可以不必了！他要是能夠接受你的勸告，早應該把他的私生活改變一下。現在……」

夫婦倆一邊說著，一邊早已把衣服穿著好了。一會兒，一群僕婦使女們，也就進臥室來，服侍他倆盥洗梳櫛。

樂昌公主，面對著那面贈嫁過來的古鏡，不覺泫然地滴下淚來；她想起當初父親在日，國勢還是十分興盛；他賜給她這面古鏡的時候，原是要祝福她的婚姻，能和這面鏡子一樣的圓滿的。誰知，父親僅僅死了七年，這個國家，就被她哥哥攪得亂七八糟，將來還不知落得怎樣一個結局呢！

徐德言瞧著他夫人對鏡下淚，早已猜著了她傷心的原因，這使他幾日來悶在肚子裡的幾句話，不得不傾吐了出來。

「我愛，據我看來，我們的這個國家，決計不會有轉機的了；只是，像你這樣的才學，容貌，要是有一天國家亡了，一定會被對方的權貴們劫奪了去。不過，我想，只要我倆的緣分未絕，萬一還可以見一面的話，那麼，我們似乎應該各自預備一件東西，作為將來的信物才是……」

「預備用什麼……」樂昌公主悲愴得說不下去了。

「喏，我們就拿這……」徐德言一手拿起那面古鏡，用力一拗，頓時破成了兩半：「我和你，各人藏著這破鏡的一半，以後我們要是流離散失了，彼此在一時間，一定是找不著的。那時，你只要每逢正月十五，便託人拿你藏著的半面到熱鬧的市場上去出賣，我也帶著我的半面，到市場上去等著，如果這兩個半面破鏡，能重新湊合起來，那麼，我就可以探聽到你的所在了！」

「你……你這種……沒順沒利的話，……我真不要聽！……」公主嗚咽得上氣不接下氣。

「能夠不致到這地步，那是再好也沒有了！……」做丈夫的替她揩乾了眼淚。

可是，事實終於是事實；挨到這一年的十月裡，隋主楊堅，任命他的兒子晉王廣，秦王俊，以及越國公楊素，都擔任行軍元帥的職務。楊廣由六合出兵；秦王俊由襄陽出兵；楊素由永安出兵；元帥以下，還有韓擒虎、賀若弼等九十個總管，總共有兵士五十一萬八千人，都歸楊廣節制，沿江一帶，只看見旌旗翻飛，舟楫縱橫，軍容十分壯盛。

沒有幾天，消息傳來：楊素率領的水軍，在流頭灘擊破了陳軍戚昕將軍的部隊，全軍都已做了俘虜。護軍將軍樊毅，曾和僕射袁憲商量：打算在京口、采石兩個要緊地方，各駐守精銳五千人，並且撥出金翅船二百艘，沿著長江一帶防衛著。袁憲和驃騎將軍蕭摩訶，都贊成他的計畫。哪知奸臣施文慶和沈安卿，卻竭力反對，他們對後主說：「這次戰爭，沒有什麼大了不得的，只要靠著幾個邊城將帥，就可以抵擋他們，何必輕舉妄動？要是照他們那種辦法，也許隋軍還沒有來，百姓們先驚擾起來了。」因此，這些策略，都遲遲沒有決定。後主也從容地對他的侍衛們說：「王氣永遠在建康城裡。你們可記得：從前齊軍來了三次，周兵也來了兩回，他們沒有一次不敗退的。這次隋軍的到來，結果也一定會同樣的覆滅。」那個馬屁大家孔範，也就順著他的意思，大獻殷勤，說道：「長江本是天塹，南北兩方，靠它隔離著，難道隋軍會飛渡過來嗎？」這種君臣們的一吹一唱，時時送到徐德言和樂昌公主的耳朵裡來，他們便借著國戚的牌頭，常常進宮去向後主規勸，但是，這種不入耳的話，哪裡會使他回心轉意！結果，反而引起了他的惡感罷了。

日子過得飛一般的快，後主陳叔寶，不但對於軍事一點沒有準備，卻一直還在女人和醇酒中度光陰。轉瞬間，一年又告完畢，新年接著來了，在正月初一那天，陳政府中的君臣百姓，正在忙著賀年的把戲，忽然一個霹靂，從天外飛來，據說，隋將賀若弼，已經從廣陵領兵渡過長江，韓擒虎的部隊，也乘著陳軍將士喝醉了酒，很容易地把采石攻佔了。一會兒，賀若弼又佔領了京口；韓擒虎也連拔姑孰。若弼從北道，擒虎從南道，這樣兩軍並進，沿江的陳軍，接連敗退，不久，隋軍便奪得了鐘山的險要。陳軍嚇得不敢應戰，到處都矗起了降旗。後主急得沒法可想，只是日夜的啼哭著。

韓擒虎的軍隊終於由新林進軍石子岡，更攻破了宮城，直入南掖門。後主和張、孔兩個愛妃，躲在一口胭脂井裡，終於都被隋軍兵士捉住了。

樂昌公主既是後主的親妹妹，一向又以才貌出名的；現在陷在這破敗的城池裡，果然不出她丈夫的意料，一霎時就被他們找到，把她解送到楊素的軍中去了。

這年四月裡，陳後主被俘到長安，隋軍班師，樂昌公主從此也和她的故鄉遠離，被送到北方，在越國公楊素府中，當一名侍妾。幸虧，楊老頭子很是寵愛她，因此，物質上的享受，倒也並不怎樣菲薄。只是，在她的精神上，總覺得不能和她那位駙馬爺見面，非常感到痛苦。

那位駙馬徐德言呢，他自從設法逃出了建康城，一路上靠著求乞度日，流離困苦，一心一意想找到他夫人的所在。後來打聽得她已經到了長安，便步行追尋過去，一直走了半年多，才到達了隋朝的京城。

徐德言在長安城中，逗留了幾天，不覺又是冬盡春初的時候，他耳聽著一處處爆竹喧闐，眼看著一家家桃符更新，便記起了當年和樂昌公主預約的話，好容易，挨到了元宵節日，當即帶著那半面破鏡，到各處熱鬧市場中去找尋機會。是早晨菜市正興盛的一剎那，德言走過那大街的一隅，就聽見一個沙啞的喊聲，傳了過來：

「啊，這半面古鏡，誰要買呀！」

德言順著這喊聲找過去，卻是一個龍鍾的蒼頭，手裡正執著他分給公主的半面古鏡。他頓時感到自己的心房有些跳動，無疑的，他這一年多來所念念不忘的那位愛人，於今是有了著落了。

「你這面破鏡，賣多少錢啊？」居然也有人來和他搭腔。

「一千萬！」

「哈哈，這老頭子真正發瘋了，這種垃圾箱裡的東西，倒要賣這樣的大價錢！」市上的人，都聽得大笑起來。

「啊，老公公，我有一句話要對你說，你可以到我寓所裡去談談嗎？」德言分開了眾人，上前去向那蒼頭打了一個招呼。

「談談，要是你的寓所不遠，當然是沒有不可以的！」

一會兒，他們就在近郊，走進了一間甕牖繩樞的小屋子——那是徐德言暫時寄身的地方。

「老公公，我要請問你：你這半面古鏡是哪裡來的？」他一邊忙著張羅酒食，款待那個蒼頭，一邊這樣問他。

「我是越國公府裡的管家；這面古鏡，是他從南朝帶回來的那個侍妾的所有物。她雖然叫我拿到市上來出賣，但是，卻關照過我；要是有人拿得出其餘的半面，可以和這面湊合得上的，立刻回去報告她……」那蒼頭也被德言的殷勤感動了，把這真相透露了出來。

「老公公！」德言從床頭掏出他所有的半面古鏡，「你瞧瞧，我的半面可合得上？」

蒼頭隨手拿起那兩面半鏡，互相一湊，真是一絲也沒有參差。

「咦！奇怪，奇怪！真有這樣湊巧的的事！那麼，讓我回去報告她吧！」蒼頭拿起那半面破鏡，就想走路。

「慢些，老公公，讓我在這半面破鏡上，題幾個字，請你一起帶去給她吧！」德言磨好了墨，提筆在那半面破鏡上，題了一首五言詩：

「鏡與人俱去，鏡歸人不歸；無復嫦娥影，空留明月輝。」

蒼頭帶著破鏡，趕回越國公府裡，就把它交給了樂昌公主。公主見了這舊物，讀著這詩句，不免想起了舊事，想起了她恩愛的丈夫，頓時撲簌簌地流下一串淚珠來。從這一天開始，她便拒絕了飲食，懨懨地生起病來。

接連幾天，楊素見不到她一面，心裡有些疑惑，經過他多方查問，才在那蒼頭的口中，探得了這件事的始末。

「啊，這樣活生生地拆散了這對恩愛夫妻，這原是我的罪過，趕緊，你去把那徐德言請了來，讓我成全了他們吧！」楊素笑哈哈地吩咐那蒼頭。

等到徐德言跟著那蒼頭，走進越國公的府第，堂上早已排起了一桌盛筵。上首一張小幾上，就安置著這面拼湊攏來的古鏡，那條裂痕，雖然還宛然存在，可是，皎潔團圓，卻像是顯著無上的喜樂似的。

楊素首先舉起杯子來，向他們夫婦倆祝賀「破鏡重圓」；於是，大家開懷暢飲，直喝到酒酣耳熱，楊素便向他們表示，願意送他們回去，並且叫管家們搬出許多珍貴的物品來，送給他們，以壯行色。

「這樣一種奇遇，這樣一次盛會，我覺得不可沒有一首好詩來作點綴，現在，就請徐夫人來執筆吧！」最後，楊素興致勃勃地這樣說。

「好，就讓我來獻醜了！」樂昌公主提起筆來蘸了墨，就向那方絹帕上寫去：

「今日何遷次！新官對舊官。笑啼俱不敢，方驗作人難！」

這一下，雖然會使新官和舊官，都有些赧然，可是，在實際上，畢竟是賓主盡歡而散。

第二天，這對飽經憂患的夫婦，就帶著那面重圓的古鏡，回到山清水麗的故鄉——江南去了。

一九四三・三・二八，於秋長在室。

（《萬歲》第六期，一九四三年四月五日）

編後記

對今天的讀者乃至專業的現代文學研究人員來說，「呂伯攸」都是一個稍嫌陌生的名字。但是在上世紀四十年代的上海，他卻是一位頗具學者風範的文藝多面手：以《萬象》《春秋》《小說月報》等文藝刊物為陣地推出了眾多針砭時弊的「故事新編」；在《海報》上開設了「雞窗偶記」、「秋長在室」等文化專欄；以「花卉每頁一百元」的潤格繪製扇面；還負責編製了諸如《初小國語讀本》（中華書局有限公司，一九四一年十月）這樣的民國小學生教科書。

據當時著名的文學史家和小說家譚正璧在《憶舊錄》一文中介紹，「呂先生是中華書局的老編輯，一向主編《小朋友》，並且寫了不少小朋友讀的書籍」（《海報》第三七〇號，一九四三年五月八日）。而更為詳盡的描述則出現在連載於上海《吉普》週刊，由史難安撰文，董天野繪圖的《海派文壇一〇八將》中，其一九四六年八月二十二日出版的第三十六期上的第（二〇）回的題目正是〈「恂恂君子」呂伯攸〉。

黃鐘大呂的「呂」，爺叔伯伯的「伯」，性命攸關的「攸」，呂伯攸，海派文壇之「典型文士」也。大學畢業，編輯出身，初期寫作多「小囡作品」，嘗坐鎮商務世界等書局，主持《兒童世界》《小朋友》等刊物。投身「海文壇」猶是九九勝利前二年事，筆名有白攸、尚之裔等不下十個，所作「歷史小品」，與平秋翁有一時瑜亮之稱，筆下一本正經，規規矩矩，故同文間咸以「恂恂君子」目之，太太吳女士，亦博學能文，惜與林黛玉同病相鄰，臥床五年，動彈不得。出品「烤貝」至夥，愛「秋」，自號「秋長在室主」，有畜貓癖。著有兒童文學作品甚富。擅父代母職，燒飯煮菜。生性溫和，沉默寡言，常駐商務辦公，府上赫德路止明里，不愛拋頭露面，故與先生之交者甚鮮，芳齡四十出關，臉容憔悴，一望而知為受文字折磨過甚者，常著青布大褂，每日上午九點鐘可于赫德路電車站見之。

這是迄今為止我看到的有關呂伯攸最詳細的一段文字，再聯繫其他零星資料，可以大致勾勒出這位民國文化人的生平軌跡。他大約生於一九〇〇年前後，曾與畫家、散文家豐子愷（一八九八—一九七五）和音樂教育家劉質平（一八九四——

一九七八）等文化名人同期就讀於浙江省立第一師範學校，並同為藝術大師李叔同的高足。曾在短文《薄福》（《海報》第三九一號，一九四三年五月二十九日）中回憶先師時說：

記得我師李叔同先生——弘一法師，曾在南普陀寺對學僧們的演講詞中，有幾句話說：「從前，常有人送我好的衣服，或別的珍貴的東西，但我大半都轉送別人；因為，我知道我的福薄，好的東西是沒有膽量承受的。……」

時過境遷，仍以乃師教誨為準則，可見其對李叔同的尊崇與感念。

畢業後，呂伯攸進入中華書局任編輯，主編《兒童世界》《小朋友》等少年刊物，二十年代即開始參與編製小學課本，如《新小學教科書常識課本》（中華書局，一九二六年），並不斷創作兒童文學作品，三十年代出版了四冊本的《中國童話》（商務印書館，一九三三年十月），以及《新編初小常識課本》（中華書局，一九三八年五月）等。一九四九年以後還出版過《祖國的陶器》（大中國圖書局，一九五三年），以及與其女呂肖君合作的《顯微鏡的日記》（少年兒童出版社，一九五三年）等。當然，在文學領域，呂伯攸最顯著的貢獻就是一批藝術品質較高的「故事新編」，以及在「故事新編」的文體定位方面提出的富於啟發性的觀點。

我接觸呂伯攸的作品始於二〇〇四年。在華東師大老圖書館一樓的閱覽室裡，被秋陽的光束放大了若干倍的塵埃裡，欣喜若狂地翻著上海淪陷時期著名的通俗文藝刊物《萬象》，從一九四二年一月一日出版的第一年第七期上首次看到署名「呂伯攸」的散文《新年話舊》。接著，從一九四二年五月一日出版的第一年第十一期開始，呂伯攸先後發表了〈孟母六遷〉〈當爐豔〉〈女參軍〉等九篇「故事新編」，與秋翁（平襟亞）相同類型的作品如〈孔夫子的苦悶〉、〈潘金蓮的出走〉〈第一〇一回鏡花緣〉等相映成趣，無形中掀起了一股「故事新編」體的創作高潮。此後，我又在《春秋》《小說月報》《大眾》《六藝》等刊物上發現呂伯攸的「故事新編」十三篇，發現其該類創作不僅在作品數量、時間跨度上超過秋翁，作品的藝術水準也遠在秋翁之上。儘管他曾在《我也談歷史小品》（《光化日報》第四九七號，一九四三年九月十二日）一文中表示，「在《萬象》上發表的帶著一些歷史性的作品，要算秋翁先生跟我自己的最多。我自己的東西，當然沒有價值，不必去說它。可是，秋翁先生的一支尖利的筆，同文中多少有些佩服他的」，但他的〈朱買臣離婚〉刊載於《春秋》創刊號時，被雜誌主編陳蝶衣讚為「呂伯攸先生的故事新編早已膾炙人口，現在給本刊寫富有意義的歷史小說，從這裡可以反映某一個時代的人民痛苦」（陳蝶衣〈編輯室〉，《春秋》創刊號，一九四三年八月十五日），也代表了上海文化界對其「故事新編」小說創作的充分認可。

由於當年我選定的博士論文題目是《「東吳系女作家」研究（一九三八—一九四九）》，為搜尋施濟美、俞昭明、湯雪華、程育真等諸位女作家的作品才仔細研讀淪陷時期上海的文藝期刊，發現以呂伯攸和秋翁為代表作家的「故事新編」小說應該算是該項研究的副產品。雖然對這批小說頗有些愛不釋手，卻仍執著於原定的研究計畫，只是暗中將四十年代上海「故事新編」小說列為自己的下一個學術目標。

二〇〇九年，我來到地處東南一隅的福建師範大學，師從魯迅《故事新編》的研究專家鄭家建教授從事博士後研究工作。出站報告正是探討淪陷時期上海的「故事新編」小說，呂伯攸有關「故事新編」小說的創作實踐和理論探索都是我這份報告的研究物件。

二〇一一年初，作為這項研究工作階段性成果的論文〈一九四〇年代上海歷史小說創作的兩極形態〉，發表在《現代中文學刊》總第十一期上，其中以較大的篇幅討論了呂伯攸和秋翁的「故事新編」小說。這可能是呂伯攸的名字第一次出現在現代文學領域的學術文章中，成為被關注和剖析的對象。

不久之後的四月間，一個春日的黃昏，我正在福建師大閩侯校區的百草園食堂吃飯，不期接到來自北京的電話，原來是在現代文學史料研究界頗具聲名的梅杰先生。他正在籌備呂伯攸的文學作品出版工作，看到我的文章後立刻從《現代中文學刊》的執行主編陳子善教授處問得我的聯繫方式，向我了解呂伯攸的創作情況。聽到我的一番簡單介紹並得知我早已完成對其相關作品的文字錄入之後，他當即表示希望由我將這些在一九四九年以後從未出版過的作品編輯成書，交由他所在的海豚出版社出版。當天晚上，我便快速整理了作品名單，並附上了大致字數和小說發表時配發的插圖，一併發給他。他也很快做出答覆，計畫將呂伯攸三十年代編訂的《中國童話》（一至四冊）中的童話故事和我發現的歷史小說共同編為一本童話、歷史故事集。

五月底，我完成了出站報告的主體部分，稍稍鬆了一口氣，便馬不停蹄地北上浦江，回到熟悉的上海圖書館，調取了呂伯攸的《中國童話》，也找到了他出版於一九三四年六月的著作《兒童文學概論》（大華書局）。呂伯攸早年致力於所謂的「小囡作品」，為現代兒童文學的發展做出傑出貢獻的同時，也積累了有關歷史題材創作的豐富經驗。例如，《中國童話》第一冊中有以陶淵明〈桃花源記〉為藍本的〈桃花源〉，此後他又創作了〈桃花源重遊記〉；第三冊中有以唐朝沈既濟〈枕中記〉為藍本的〈枕中的世界〉，此後便有了精彩的〈黃粱夢〉；第四冊中有以馮夢龍《初刻拍案驚奇》中〈轉運漢遇巧洞庭紅 波斯胡指破鼉龍殼〉為藍本的〈洞庭紅〉，此後又有了對此篇的續寫之作〈倒運漢走單幫〉（續今古奇觀〈洞庭紅〉篇）。足見他的童話故事創作與「故事新編」小說創作貌似毫無關聯，實則從作家自身的創作脈絡上看倒是一脈相承的。

呂伯攸的童話作品筆致清新簡潔，風格樸素流暢，尤為注意哲理與蘊意的自然凸現。而其「故事新編」小說則風趣幽默，犀利誇張，帶有顯著的荒誕色彩和強烈的諷刺效果。從某種程度上說，前期的童話故事創作恰恰為後來的「故事新編」小說創作做好了充分的鋪墊和準備。

這種流行於淪陷時期上海的「故事新編」小說，與「孤島」時期上海戲劇工作者排演《明末遺恨》《大明英烈傳》等宣揚民族氣節的歷史劇，電影界拍攝《木蘭從軍》《蘇武牧羊》等歷史題材的愛國主義影片相似，都以其借古諷今、託古喻今的諷喻手法和曲折高妙的藝術效果成為突破日軍高壓管制的特殊文化產物，特別注重借歷史軀殼表達現實憂患，同時承載著強大的諷喻功能和時代責任。

在這種精神主旨的觀照之下，這批「故事新編」小說的立意內涵主要集中在兩個方面：其一，揭露敵人及賣國媚敵者的醜態，從而暗中弘揚抗戰禦敵的堅強意志；其二，反映畸形荒誕的社會現實以及在此影響下人的嚴重異化。尤以第二種作品數量最多，也最能發揮通俗作家的創作優長，同時品流又最為蕪雜。

秋翁的〈秦始皇入海求仙〉描寫秦始皇不惜長途跋涉親往「扶桑女神」處求不老神芝，卻遭遇「女神」妄圖吞併中國的威逼利誘，幾番動搖後最終沒有成為賣國的千古罪人。荒誕不經卻又嚴肅凝重的情節具有強烈的影射效果，即屬於第一種主題類型。

而「故事新編」小說的主體則是那些曾被諷刺為「吃豆腐和胡鬧」的摩登文本。呂伯攸的〈花魁女獨佔賣油郎〉〈朱買臣離婚〉〈月下老人的末路〉，秋翁的〈豬八戒遊上海〉〈潘金蓮的出走〉等作品都屬於這一類。單從這些摩登新奇的題目就可以看出，它們都以著名的歷史人物或神話故事為創作藍本，也有對前朝敘事性作品的續寫或戲仿，目的都是將古人置身於上海淪陷時期特殊的社會環境中，通過插科打諢、笑料百出的趣談軼事，折射出汙濁糜爛的社會現實。

屬於這一類的作品大多帶有濃重的市民口味，藝術水準參差錯落，思想立意良莠不齊，不乏精品佳構，也充斥著一些純屬「吃豆腐」的庸俗之作。如〈豬八戒遊上海〉寫豬八戒幻化為年青女子到鹹肉莊懲治無良嫖客，雖立足於質問「誰提倡把人類當作商品，當作獸類的一塊肉出賣」，但在情節設置、行文風格等方面難免失之粗俗；而呂伯攸的〈黃粱夢〉則巧妙地將「盧生」塑造為一個精神空虛、碌碌無為的公子哥兒，而將黃粱美夢設計成囤積居奇大發橫財，瘋狂追求電影明星直至遭遇妻離子散、投機失敗的人生末路，夢中人方才如夢初醒，語帶雙關，發人深省，主題和藝術處理都較為適度。

乍看之下，以調侃仙家古人、解構神聖敘事的「故事新編」小說就是關於沉淪都市的一幅幅淺描細勾的浮世繪。相較於三十年代新感覺派〈上海的狐步舞〉式的充滿鏡頭組接與精神幻滅的都會敘事，它的視角和姿態顯然要低落得多。如果說前者具有天然的貴族氣質和精英意識的話，那麼後者則更傾向于以庸常的生計謀劃、逼仄的生存哲學的弱小面貌出現，既包蘊著純粹出自市民品位的思想感情和精神境界，又無疑帶有百科全書式的社會全景掃描的生活韻味。

無論是愛逛遊藝場的莊周（〈試妻記〉）和愛看連環畫的「亞聖」孟軻（〈孟母六遷〉）這種散發著濃郁人間煙火氣的思想大師，還是以囤積食油意外獲得佳人青睞的賣油郎（〈花魁女獨佔賣油郎〉）和由轉運漢不幸淪為倒運鬼的文若虛（〈倒運漢走單幫〉）等荒誕時世中的寵兒或倒楣蛋，抑或是貌似好萊塢紅星狄安娜・竇萍的朱買臣前妻（〈朱買臣離婚〉）和比起法國電影裡的黛妮兒・杜麗絲不差分毫的祝英臺（〈同窗之戀〉）等標準的「摩登葛兒」，無不處在淪陷上海的物質與精神的雙重觀照之下，揭示出普通市民真實的生存現狀以及形形色色的社會風習與人情世相。

以呂伯攸為代表的「故事新編」小說作家所建構的庸常的生活性話語，在某種程度上也凝結著他們對戰爭的關注、思考乃至得心應手的調侃諷刺，而這重被精心包裹的戰爭敘事方式則恰恰是這些作品得以衝破文網的捕撈順利問世的根本原因。

在「故事新編」小說風行於四十年代上海文壇之際，有人以〈談歷史小品〉一文將其歸結為「吃豆腐和胡鬧的東西，根本不能算是歷史作品」。身為「故事新編」小說創作主將的呂伯攸隨即撰文〈我也談歷史小品〉相批駁，首先便不認同「他拿曹聚仁先生的〈彌正平之死〉、施蟄存先生的〈將軍之頭〉和魯迅翁的《故事新編》並在一起」的歷史小品觀，認為曹聚仁的作品堪稱「正格的歷史小說」，施蟄存的作品則是「向壁虛造」的，而「魯迅翁的故事新編，只是一種借屍還魂的東西，也決計不是真正的歷史作品」。隨後他更精確地指出，「故事新編」小說的根本標誌就是「拿古代人物來影射現代某一種人，或是從古代人的嘴裡說出幾句現代話來」。

呂伯攸的論述實際上將歷史題材作品做出了三分劃定，即以曹聚仁、施蟄存和魯迅各自領銜的三種類型的歷史作品。由他本人深度參與的淪陷時期上海「故事新編」小說則必然屬於魯迅陣營。

如果以呂伯攸的三分法為標準的話，按照小說與歷史的關係來考察，曹聚仁的歷史小說屬於原汁原味的歷史材料小說化，完全可以當作歷史典籍的白話翻譯看待，幾乎沒有時代和自我的參與，這應當是最原始最純粹的歷史小說；施蟄存的心理分析型歷史小說，偏重於以佛洛德精神分析法作為基本線索和內在精神來塑造人物、推進情節發展，屬於一種典型的歷史「重寫」，創作主體的參與程度較大；魯迅《故事新編》的特點是「人物名稱是歷史上的人的名字，事件外表輪廓都是歷史上的經過，而真實的內容乃是現代的，或與原故事歷史階段不相應的東西。或者在故事的形式上保存了原來的樣子，而內裡卻包含著現在的實情」（龔鸞〈故事新編方法論〉，《北調》第三卷第五期，一九三六年五月二十日），也即一種產生顛覆效果的「舊瓶裝新酒」，依然是一種「重寫」，但比之「施蟄存型」則更加依賴於作者的介入，與社會現實的聯繫更為緊密。

關於「故事新編」小說的文體性質，自魯迅的《故事新編》問世以來始終眾說紛紜，至今仍無定論。若以淪陷時期上海的「故事新編」小說為考察中心來看的話，那麼所謂「故事新編」可以有廣義和狹義之分。廣義上包括一切以「重寫」面目出現的歷史小說，不管是否與現實發生了鮮明的互動關係；狹義則嚴格限定在以魯迅《故事新編》為標準的古今雜糅、時空顛倒類小說的範疇之內。「故事新編體」小說的界定如果能夠成立的話，那麼它的指向一定是狹義的「故事新編」小說，因為只有這一類小說才具有完全迥異於歷史小說的情節框架、精神氣質和文體形態，也才具備獨立為「體」的基本資質和根本內涵。顯然，呂伯攸提出的「歷史小說三分法」為圓滿解決自晚清以來的「故事新編」小說的文體定位問題提供了頗具意義的思考增長點。

近二十年以降，中國文化界湧現出一些複雜的文化現象，包括披著歷史外衣的「另類寫作」，如王小波的《萬壽寺》《紅拂夜奔》，葉兆言的《濡鱉》，李馮的《孔子》《牛郎》《我作為英雄武松的生活片段》《唐朝》，劉震雲的《故鄉相處流傳》，潘軍的《重瞳》，商略的《子胥出奔》《子貢出馬》等，以及影視領域內的周星馳「無厘頭」風格影片、熱播的電視劇《武林外傳》、電影《隋朝來客》等穿越題材作品，無疑都指向了一種新型的「故事新編」的解構意識。在這種文化背景下，對呂伯攸歷史題材創作的重新關注與研究必然可以為解讀這些文化現象提供一定的歷史參照。

認識呂伯攸這位文化前輩已有將近七年時間了，我無時無刻不在期待著將他的作品介紹給更多鍾情於歷史題材作品特別是對歷史解構意識頗感興趣的讀者。本書在編選過程中受到天津市教委人文社會科學研究項目《二十世紀四十年代「故事新編」小說研究》（專案編號：20112222）的資助，在此深表謝意。同時也有點遺憾，直到這本書的編輯工作告一段落，我對呂伯攸先生的生平資料還知之甚少，而且未能找到他的照片，因此非常希望以這份小小的研究成果的問世為契機，推動現代文學研究界對呂伯攸及其作品的重視。

王 羽

二〇一一年十月

臺灣版後記

為重寫中國兒童文學史做準備

眉睫（簡體版書系策畫）

二〇一〇年，欣聞俞曉群先生執掌海豚出版社。時先生力邀知交好友陳子善先生參編海豚書館系列，而我又是陳先生之門外弟子，於是陳先生將我點校整理的梅光迪講義《文學概論》（後改名《文學演講集》）納入其中，得以出版。有了這個因緣，我冒昧向俞社長提出入職工作的請求。俞社長看重我對現代文學、兒童文學研究的能力，將我招入京城，並請我負責《豐子愷全集》和中國兒童文學經典懷舊系列的出版工作。

俞曉群先生有著濃厚的人文情懷，對時下中國童書缺少版本意識，且缺少人文氣質頗不以為然。我對此表示贊成，並在他的理念基礎上深入突出兩點：一是以兒童文學作品為主，尤其是以民國老版本為底本，二是深入挖掘現有中國兒童文學史沒有提及或提到不多，但比較重要的兒童文學作品。所以這套「大家小書」，頗有一些「中國現代兒童文學史參考資料叢書」的味道。此前上海書店出版社曾以影印版的形式推出「中國現代文學史參考資料叢書」，影響巨大，為推動中國現代文學研究做了突出貢獻。兒童文學界也需要這麼一套作品集，但考慮到兒童讀物的特殊性，影印的話讀者太少，只能改為簡體橫排了。但這套書從一開始的策劃，就有為重寫中國兒童文學史做準備的想法在裡面。

為了讓這套書體現出權威性，我讓我的導師、中國第一位格林獎獲得者蔣風先生擔任主編。蔣先生對我們的做法表示相當地贊成，十分願意擔任主編，但他畢竟年事已高，不可能參與具體的工作，只能以書信的方式給我提了一些想法，我們採納了他的一些建議。書目的選擇，版本的擇定主要是由我來完成的。總序也由我草擬初稿，蔣先生稍作改動，然後就「經典懷舊」的當下意義做了闡發。可以說，我與蔣老師合寫的「總序」是這套書的綱領。

什麼是經典？「總序」說：「環顧當下圖書出版市場，能夠隨處找到這些經典名著各式各樣的新版本。遺憾的是，我們很難從中感受到當初那種閱讀經典作品時的新奇感、愉悅感、崇敬感。因為市面上的新版本，大都是美繪本、青少版、刪節版，甚至是粗糙的改寫本或編寫本。不少編輯和編者輕率地刪改了原作的字詞、標點，配上了與經典名著不甚協調的插圖。我想，真正的經典版本，從內容到形式都應該是精緻的、典雅的，書中每個角落透露出來的氣息，都要與作品內在的美感、精神、品質相一致。於是，我繼續往前回想，記憶起那些經典名著的初版本，或者其他的老版本——我的心不禁微微一震，那裡才有我需要的閱讀感覺。」在這段文字裡，蔣先生主張給少兒閱讀的童書應該是真正的經典，這是我們出版本套書系所力圖達到的。第一輯中的《稻草人》依據的是民國初版本、許敦谷插圖本的原著，這也是一九四九年以來第一次出版原版的《稻草人》。至於解放後小讀者們讀到的《稻草人》都是經過了刪改的，作品風致差異已經十分大。俞平伯的《憶》也是從文津街國家圖書館古籍館中找出一九二五年版的原著來進行重印的。我們所做的就是為了原汁原味地展現民國經典的風格、味道。

什麼是「懷舊」？蔣先生說：「懷舊，不是心靈無助的漂泊；懷舊也不是心理病態的表徵。懷舊，能夠使我們憧憬理想的價值；懷舊，可以讓我們明白追求的意義；懷舊，也促使我們理解生命的真諦。它既可讓人獲得心靈的慰藉，也能從中獲得精神力量。」一些具有懷舊價值、經典意義的著作於是浮出水面，比如孤島時期最富盛名的兒童文學大家蘇蘇（鍾望陽）的《新木偶奇遇記》；大後方為少兒出版做出極大貢獻的司馬文森的《菲菲島夢遊記》，都已經列入了書系第二批順利問世。第三批中的《小哥兒倆》（淩叔華）《橋（手稿本）》（廢名）《哈巴國》（范泉）《小朋友文藝》（謝六逸）等都是民國時期膾炙人口的大家作品，所使用的插圖也是原著插圖，是黃永玉、陳煙橋、刃鋒等著名畫家作品。

中國作家協會副主席高洪波先生也支持本書系的出版，關露的《蘋果園》就是他推薦的，後來又因丁景唐之女丁言昭的幫助而解決了版權。這些民國的老經典，因為歷史的原因淡出了讀者的視野，成為當下讀者不曾讀過的經典。然而，它們的藝術品質是高雅的，將長久地引起世人的「懷舊」。

經典懷舊的意義在哪裡？蔣先生說：「懷舊不僅是一種文化積澱，它更為我們提供了一種經過時間發酵釀造而成的文化營養。它對於認識、評價當前兒童文學創作、出版、研究提供了一份有價值的參照系統，體現了我們對它們的批判性的繼承和發揚，同時還為繁榮我國兒童文學事業提供了一個座標、方向，從而順利找到超越以往的新路。」在這裡，他指明了「經典懷舊」的當下意義。事實上，我們的本土少兒出版是日益遠離民國時期宣導的兒童本位了。相反地，上世紀二三十年代的一些精美的童書，為我們提供了一個座標。後來因為歷史的、政治的、學術的原因，我們背離了這個民國童書的傳統。因此我們正在努力，力爭推出真正的「經典懷舊」，打造出屬於我們這個時代的真正的經典！

但經典懷舊也有一些缺憾，這種缺憾一方面是識見的限制，一方面是因為審稿意見不一致。起初我們的一位做三審的領導，缺少文獻意識，按照時下的編校規範對一些字詞做了改動，違反了「總序」的綱領和出版的初衷。經過一段時間磨合以後，這套書才得以回到原有的設想道路上來。

欣聞臺灣將引入這套叢書，我想這對於臺灣人民了解大陸的兒童文學是有幫助的。林文寶先生作為臺灣版的序言作者，推薦我撰寫後記，我謹就我所知，記述於上。希望臺灣的兒童文學研究者能夠指出本書的不足，研究它們的可取之處，為重寫兩岸的中國兒童文學史做出有益的貢獻。

二〇一七年十月於北京

眉睫，原名梅杰，曾任海豚出版社策劃總監，現任長江少年兒童出版社首席編輯。主持的國家出版工程有《中國兒童文學走向世界精品書系》（中英韓文版）、《豐子愷全集》《民國兒童文學教育資料及研究》，主編《林海音兒童文學全集》《冰心兒童文學全集》《豐子愷兒童文學全集》《老舍兒童文學全集》等數百種兒童讀物。二〇一四年度榮獲「中國好編輯」稱號。著有《朗山筆記》《關於廢名》《現代文學史料探微》《文學史上的失蹤者》，編有《許君遠文存》《梅光迪文存》《綺情樓雜記》等等。

民國時期經典童書 A0801016

中國童話(下)

作　　者 呂伯攸
版權策劃 李　鋒

發 行 人 陳滿銘
總 經 理 梁錦興
總 編 輯 陳滿銘
副總編輯 張晏瑞
編 輯 所 萬卷樓圖書(股)公司
特約編輯 沛　貝
內頁編排 林樂娟
封面設計 小　草
印　　刷 百通科技(股)公司

出　　版 昌明文化有限公司
　　　　 桃園市龜山區中原街 32 號
電　　話 (02)23216565
發　　行 萬卷樓圖書(股)公司
　　　　 臺北市羅斯福路二段 41 號 6 樓之 3
電　　話 (02)23216565
傳　　真 (02)23218698
電　　郵 SERVICE@WANJUAN.COM.TW
大陸經銷
廈門外圖臺灣書店有限公司
電郵 JKB188@188.COM

ISBN 978-986-496-072-9
2017 年 12 月初版一刷
定價：新臺幣 320 元

如何購買本書：
1. 劃撥購書，請透過以下帳號
帳號：15624015
戶名：萬卷樓圖書股份有限公司
2. 轉帳購書，請透過以下帳戶
合作金庫銀行古亭分行
戶名：萬卷樓圖書股份有限公司
帳號：0877717092596
3. 網路購書，請透過萬卷樓網站
網址 WWW.WANJUAN.COM.TW
大量購書，請直接聯繫，將有專人為您服務。(02)23216565 分機 10

如有缺頁、破損或裝訂錯誤，請寄回更換

國家圖書館出版品預行編目資料

中國童話 / 呂伯攸著 . -- 初版 . -- 桃園市 : 昌明文化出版 ; 臺北市 : 萬卷樓發行 , 2017.12
　冊 ;　公分 . -- (民國時期經典童書)
ISBN 978-986-496-071-2(上冊 : 平裝). --
ISBN 978-986-496-072-9(下冊 : 平裝)
859.08　　　106021765